U0136592

新しん

Japanese Language Proficiency Test

N3

日本語能力試験対策

にほんごのうりょくしけんたいさく

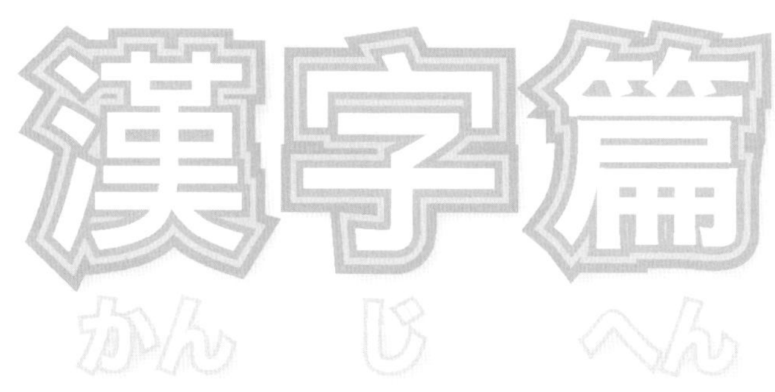

大新書局　印行

はじめに

この本は
- ▶新しい「日本語能力試験」N３合格を目指す人
- ▶初級が終わって中級レベルの漢字を勉強したい人
- ▶日常生活で役立つ漢字を勉強したい人

のための漢字学習書です。

◆この本の特長◆

・よく見る表示や文書などを使って、漢字と漢字で書くことばを勉強します。
・１日６～７字、６週間で 336 字、約 850 語を学びます。
・「言語知識（文字・語彙）」だけでなく、「読解」の試験でも役立つ漢字力が身につきます。
・１週間に１回分、テストがついているので、理解の確認ができます。
・中国語・英語の訳がついているので一人でも勉強できます。

この本で覚える漢字は、毎日どこかで見る漢字ばかりです。

楽しく勉強していきましょう。

2010 年4月

佐々木仁子・松本紀子

本書是專為以下學習者編撰的漢字學習書：
・希望能通過新的「日本語能力試驗」N3 的人
・初級已學完，希望學習中級漢字的人
・希望學習日常生活中常用漢字的人

◆本書的特點◆
・列舉經常看到的標誌或文書表現，學習漢字及漢字詞彙。
・1 天 6 ～ 7 個字，6 週時間學習 336 個字，約有 850 個詞彙。
・不僅能掌握「言語知識（文字、語彙）」題型，還能提高漢字理解能力，有助於「讀解」考試。
・每週均附有一回測驗題，幫助掌握自己的理解程度。
・附有中文、英文翻譯，方便自學。
從本書學習到的漢字，都是日常生活中隨處可見的漢字。
讓我們輕鬆快樂地學習吧！

This kanji study book is for:
- those who are seriously studying for the new JLPT Level N3,
- those who have mastered the beginner level kanjis,
- those who wish to learn useful daily kanjis.

◆ The special features of this book ◆
- You will study kanjis and words composed of kanjis through being exposed to many common signs and sentences,
- You will learn6-7 kanjis a day, and a total of 336 kanjis and 850 words in 6 weeks,
- You will learn not only “ language knowledge” (kanjis and vocabulary), but kanji skills which will be useful in reading section of the test,
- The inclusion of a weekly test will enable you to regularly check your learning,
- The Chinese and English translations will enable you to study alone.

The kanjis in this book are all useful and regularly used in daily life.
Let’s enjoy learning!

目次

新しい「日本語能力試験」N3について

關於新的「日本語能力試験」N3　About the New Japanese Language Proficiency Test (JLPT) Level N3

※この内容は、『新しい「日本語能力試験」ガイドブック概要版と問題例集N1，N2，N3編』（独立行政法人 国際交流基金、財団法人 日本国際教育支援協会）の情報をもとに作成しています。

試験日

年２回（７月と12月の初旬の日曜日）

レベルと認定の目安

レベルが４段階（１級～４級）から５段階（N1～N5）になりました。

２級
３級
→ **N3**　旧試験の２級と３級の間のレベル

N3の認定の目安は、「日常的な場面で使われる日本語をある程度理解することができる」です。

試験科目と試験時間

N3	言語知識（文字・語彙）	言語知識（文法）・読解	聴解
	（30分）	（70分）	（40分）

合否の判定

「得点区分別得点」と、それらを合計した「総合得点」の二つで合否判定を行います。
得点区分ごとに基準点が設けられており、一つでも基準点に達していない場合は、総合得点が高くても不合格になります。

得点区分

N3	言語知識（文字・語彙・文法）	読解	聴解
0～180点	0～60点	0～60点	0～60点

総合得点　　得点の範囲

N3「文字」の問題構成と問題形式

大問		小問数	ねらい
漢字読み	◇	8	漢字で書かれた語の読み方を問う
表記	◇	6	ひらがなで書かれた語が、漢字でどのように書かれるかを問う

◇旧試験の問題形式を引き継いでいるが、形式に部分的な変更があるもの

〈漢字読み〉の問題

＿＿＿のことばの読み方として最もよいものを、1・2・3・4から一つ選びなさい。

例）サッカーの日本代表に選ばれた。

1 たいひょう　　2 だいひょ　　3 だいひょう　　4 たいひょ

①②●④

〈表記〉の問題

＿＿＿のことばを漢字で書くとき、最もよいものを1・2・3・4から一つ選びなさい。

例）道に迷って困っている人をたすけてあげました。

1 助けて　　2 守けて　　3 支けて　　4 協けて

●②③④

試験日、実施地、出願の手続きのしかたなど、新しい「日本語能力試験」の詳しい情報は、日本語能力試験のホームページ http://www.jlpt.jp をご参照ください。

この本の使い方

◆本書は、第１週～第６週までの６週間で勉強します。日常生活でよく見る表示や看板から始めて、ニュースや新聞まで徐々にレベルアップしていきます。

本書分 6 週(第 1 週～第 6 週)學習。從日常生活中常見的標誌和招牌開始，再到新聞和報紙，逐漸提升難度。

This book is meant to be used as an six-week study guide. Your Japanese ability will improve steadily as you study everything, from signs and advertisements found in daily life to TV news and newspapers.

◆本書は日本語能力試験Ｎ３のレベルより高い語彙でも、実用性の高いものは紹介しています。

在本書中也介紹了一些雖然超出日本語能力試驗 N3 的程度，但實用性強的詞彙。

This book introduces some practical words beyond JLPT Level 3.

◇まず、ここに書いてある字が読めるかどうか、試してみましょう。

首先，請試試看會不會讀這裡出現的字。

First, try to see if you can read the kanjis on this page.

◇１字１字、読みや漢字語の意味を確認しましょう。

請 1 個字 1 個字地確認讀法和漢字詞彙的意思。

Check the readings and meanings of the kanjis one by one.

No.	漢字	画数	読み	語	意味	語	意味
9	横	15画	オウ よこ	横断	橫切 a crossing	横断歩道	斑馬線 a pedestrian crossing
				横	旁邊 side		
10	押	8画	お-す お-さえる	押す	按 push	押さえる	按壓 hold down
				押し入れ	日本式的壁櫥 a closet		
11	式	6画	シキ	押しボタン式	按鈕式 a push-button ...	入学式	開學典禮 a ceremony to begin the school term
				数式	算式 a numerical formula	153 数	
12	信	9画	シン	送信	發送 transmit	信じる	相信 believe
				自信	自信 confidence	信用	信用 trust
13	号	5画	ゴウ	信号	交通號誌 a signal / a traffic light	～号車	～號車 carriage number ...
14	確	15画	カク たし-か たし-かめる	正確(な)	正確的 correct, accurate		
				確かめる	確定 confirm / verify	確か(な)	確實的 certain
15	認	14画	ニン みと-める	確認	確認 confirmation		
				認める	認可 admit / approve		
16	飛	9画	ヒ と-ぶ	飛行場	機場 an airport		
				飛ぶ	飛行 fly		

14■ 第 1 週：出門去①

◆各週の１日目から６日目まではテーマ別の漢字・漢字語の学習です。７日目は日本語能力試験の形式をふまえた実戦問題で、その週に勉強したことを確認します。

每週的第 1 天到第 6 天學習不同主題的漢字及漢字詞彙。第 7 天是參照日本語能力試驗形式的實踐問題，檢測當週所學的內容。

Use the quizes at the end of the weekly sections as an aid to understanding and memorizing the kanjis.

◆各週の最後についているクイズは、漢字について考えたり、覚えるためのヒントにしましょう。

每週最後附有小測驗，可以幫助理解及記憶漢字。

Use the quiz at the end of each week's exercises as an aid for understanding and memorizing kanjis.

1日目～6日目
漢字と漢字語の練習

→ **7日目**
●実戦問題で力がついたか確認
●クイズを解いて応用力アップ

→ **次の週へ**

第一週

れんしゅう

I 正しいほうに○をつけなさい。

① 送信：（a. 送る　b. 信じる）
② 横断：（a. わたる　b. ことわる）
③ 飛行：（a. とぶ　b. いく）
④ つぎの（a. 信号　b. 号車）を右にまがる。
⑤（a. 飛び出し　b. 押し入れ）に物をしまう。
⑥（a. 自信　b. 信用）を持ってスピーチをする。
⑦（a. 横　b. 式）を向く。
⑧ 安全を（a. 正確　b. 確認）する。

II 正しい読みに○をつけなさい。

	1	2	3	4
⑨ 認める	みとめる	もとめる	まとめる	かためる
⑩ 確かめる	たしかめる	はちかめる	たちかめる	はしかめる
⑪ 左右	そう	そゆう	さう	さゆう
⑫ 横断	こうだん	おうだん	ぼうだん	ゆうだん

III 正しい漢字に○をつけなさい。

	1	2	3	4
⑬ おす	押す	神す	伸す	理す
⑭ しんじる	心じる	真じる	信じる	新じる
⑮ とぶ	都ぶ	止ぶ	登ぶ	飛ぶ
⑯ しき	係	式	号	向

（答えは p.17）

13ページの答え：　I－①a ②b ③b ④a ⑤b ⑥a ⑦a ⑧b
II－⑨4 ⑩3 ⑪2 ⑫2　III－⑬1 ⑭3 ⑮4 ⑯4

Week 1: Go Out ①　■15

◇「れんしゅう」で左ページの学習項目を理解したか、チェックしてみましょう。

讓我們以「練習題」確認左側的學習項目是否都理解了吧。

Using the "*Renshu*" section, check to see if you have understood what was studied on the left page.

◇前の日の「れんしゅう」の答えです。

前一天的「練習題」答案。

These are the answers to the previous day's drills.

◆問題を解いたら、必ず答え合わせをしましょう。７日目の「実戦問題」の答えや難しい表現の解説は巻末「解答・解説」に書いてあります。

答題後一定要對答案。第７天的實踐問題的答案，以及難度較深的表現形式的解說，均收錄在本書最後的「解答、解說」中。

After you answer the questions, check to see if your answers are correct. Answers to Day 7's "*Jissen Mondai*" (Practice Exercise) can be found in "*Kaitoo / Kaisetsu*" (Answers and Explanations) at the back of this book.

◆「実戦問題」は、時間を計って、テストのつもりで解きましょう。制限時間内に終わらない場合も最後まで続けましょう。

第７天的「實踐問題」部分，就當作是考試計時答題吧。即使無法在規定的時間內完成，也堅持到最後吧。

When answering the "*Jissen Mondai*" (Practice Exercise), to simulate the actual test situation, please try to limit yourself to the suggested time. However, even if you run out of time, make sure you complete all the questions.

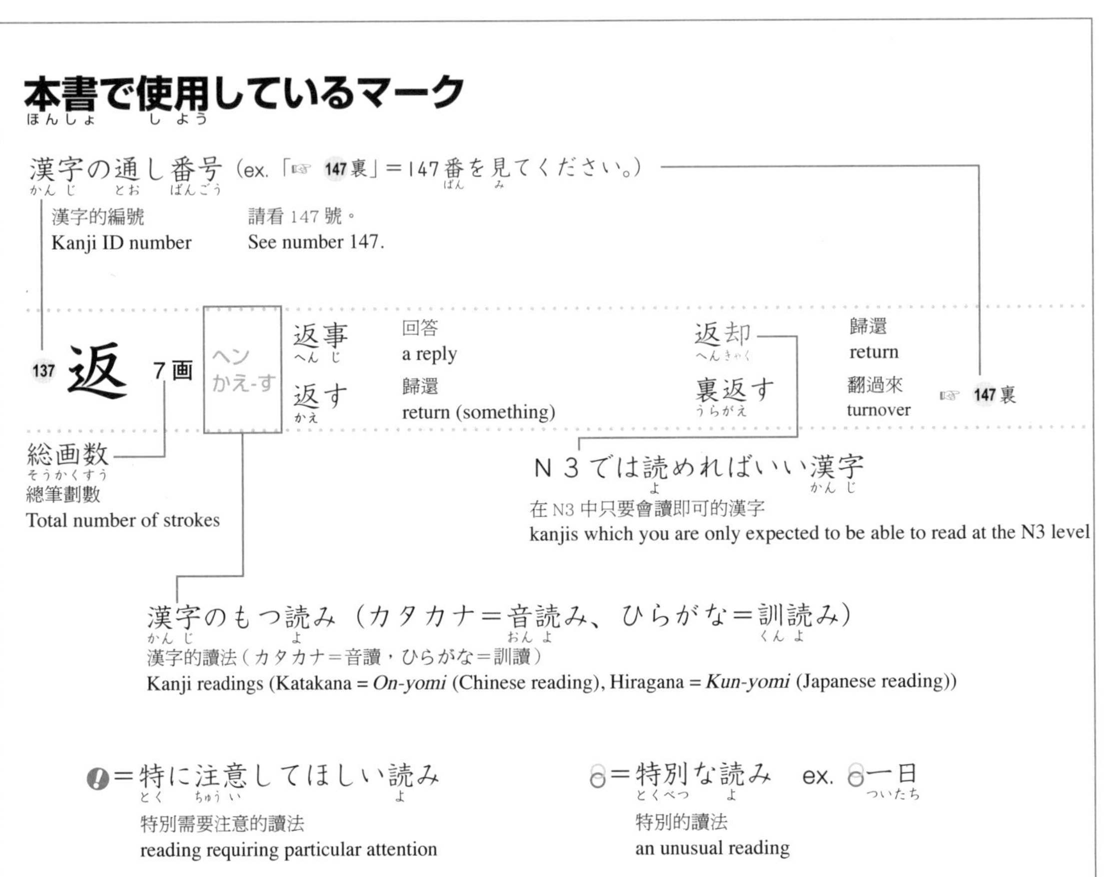

でかける①

出門去①

Go Out ①

1日目　駐車場（ちゅうしゃじょう）

停車場
Parking Lot

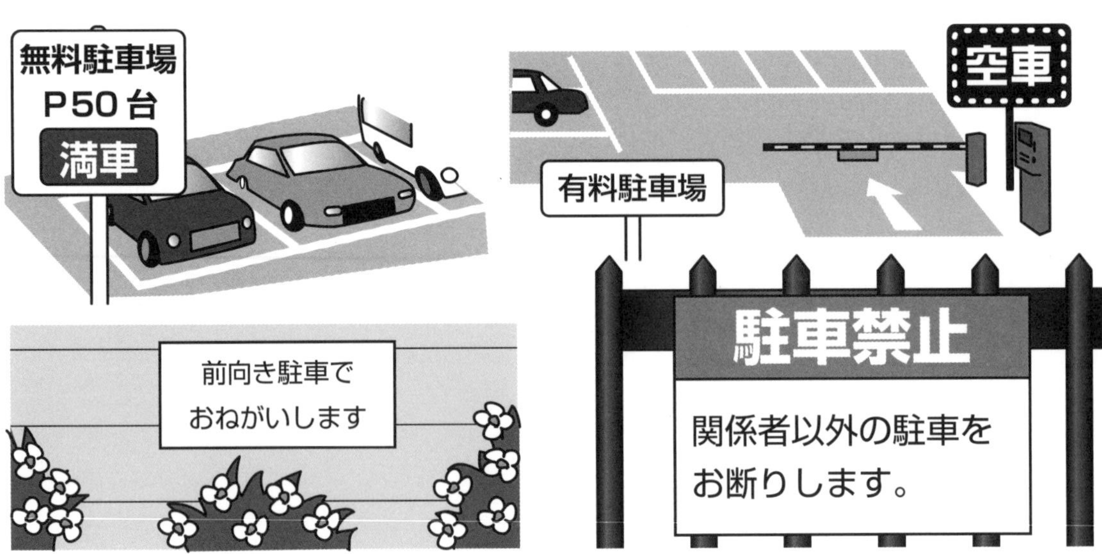

No.	漢字	画数	読み	語彙	意味	語彙	意味
1	駐	15画	チュウ	駐車（ちゅうしゃ）	停車 park	駐車場（ちゅうしゃじょう）	停車場 a parking lot
2	無	12画	ム な-い	無休（むきゅう） 無理(な)（むり）	不休息 work without a holiday 勉強的 unreasonable	無料（むりょう） 無い（な）	免費 free of charge 沒有 does not exist, do not have, gone
3	満	12画	マン	満車（まんしゃ） 不満(な)（ふまん）	車位已滿 full (of cars) 不滿的 dissatisfied	満員（まんいん）	坐滿了人　full (of people)
4	向	6画	コウ む-こう む-かう む-き	方向（ほうこう） 向かう（む）	方向 direction 朝著、前往 go forward	向こう（む） 〇〇向き（む）	對面、另一側 over there / beyond 朝向〇〇、適合〇〇 be suitable for 〇〇
5	禁	13画	キン	禁止（きんし）	禁止 prohibition		
6	関	14画	カン	関心（かんしん）	關心 interest	関する（かん）	關於……的 related
7	係	9画	ケイ かかり	関係（かんけい） 係（かかり）	關係 relation / connection 負責人 person in charge		
8	断	11画	ダン ことわ-る	無断（むだん） 断る（ことわ）	擅自 without permission 拒絕 refuse	断水（だんすい）	停水 suspension of the water supply

れんしゅう

I　正しいほうに○をつけなさい。

① 満車：車を止める所が（a. いっぱいだ　b. あいている）

② 禁止：何かを（a. してもいい　b. してはいけない）

③ 無料：代金が（a. いる　b. いらない）

④ 断水：（a. 水道が使えなくなる　b. 水を飲んではいけない）

⑤ 無断：（a. 許可(きょか)がいらない　b. 許可をもらわない）

⑥ 不満：（a. 満足していない　b. いっぱいではない）

⑦ 日本文化(ぶんか)に（a. 関心がある　b. 方向がある）。

⑧ あまり（a. 不理　b. 無理）をしないでください。

II　正しい読みに○をつけなさい。

⑨ 空車	1　からしゃ	2　こうしゃ	3　あきしゃ	4　くうしゃ
⑩ お断り	1　おこまわり	2　おとこわり	3　おことわり	4　おたちわり
⑪ 駐車	1　じゅうしゃ	2　ちゅうしゃ	3　じゅうちゃ	4　ちゅうちゃ
⑫ 係の人	1　けいりのひと	2　かかりのひと	3　けいのひと	4　かけりのひと

III　正しい漢字に○をつけなさい。

⑬ むこう	1　向こう	2　何こう	3　同こう	4　伺こう
⑭ むきゅう	1　未休	2　不休	3　無休	4　末休
⑮ かんけい	1　門係	2　間係	3　問係	4　関係
⑯ ない	1　禁い	2　不い	3　外い	4　無い

（答えは p.15）

2日目　横断歩道（おうだんほどう）

斑馬線
Pedestrian Crossing

No.	漢字	画数	読み	語彙	意味	語彙	意味
9	横	15画	オウ よこ	横断（おうだん） 横（よこ）	横切 a crossing 旁邊 side	横断歩道（おうだんほどう）	斑馬線 a pedestrian crossing
10	押	8画	お-す お-さえる	押す（お） 押し入れ（お い）	按 push 日本式的壁櫥 a closet	押さえる（お）	按壓 hold down
11	式	6画	シキ	押しボタン式（お しき） 数式（すうしき）	按鈕式 a push-button ... 算式 a numerical formula	入学式（にゅうがくしき） ☞ 153 数	開學典禮 a ceremony to begin the school term
12	信	9画	シン	送信（そうしん） 自信（じしん）	發送 transmit 自信 confidence	信じる（しん） 信用（しんよう）	相信 believe 信用 trust
13	号	5画	ゴウ	信号（しんごう）	交通號誌 a signal / a traffic light	～号車（ごうしゃ）	～號車 carriage number ...
14	確	15画	カク たし-か たし-かめる	正確(な)（せいかく） 確かめる（たし）	正確的 correct, accurate 確定 confirm / verify	確か(な)（たし）	確實的 certain
15	認	14画	ニン みと-める	確認（かくにん） 認める（みと）	確認 confirmation 認可 admit / approve		
16	飛	9画	ヒ と-ぶ	飛行場（ひこうじょう） 飛ぶ（と）	機場 an airport 飛行 fly		

れんしゅう

I　正しいほうに○をつけなさい。

① 送信：(a. 送る　b. 信じる)

② 横断：(a. わたる　b. ことわる)

③ 飛行：(a. とぶ　b. いく　)

④ つぎの（a. 信号　b. 号車）を右にまがる。

⑤（a. 飛び出し　b. 押し入れ）に物をしまう。

⑥（a. 自信　b. 信用）を持ってスピーチをする。

⑦（a. 横　b. 式）を向く。

⑧ 安全を（a. 正確　b. 確認）する。

II　正しい読みに○をつけなさい。

	1	2	3	4
⑨ 認める	みとめる	もとめる	まとめる	かためる
⑩ 確かめる	たしかめる	はちかめる	たちかめる	はしかめる
⑪ 左右	そう	そゆう	さう	さゆう
⑫ 横断	こうだん	おうだん	ぼうだん	ゆうだん

III　正しい漢字に○をつけなさい。

	1	2	3	4
⑬ おす	押す	神す	伸す	理す
⑭ しんじる	心じる	真じる	信じる	新じる
⑮ とぶ	都ぶ	止ぶ	登ぶ	飛ぶ
⑯ しき	係	式	号	向

(答えは p.17)

13ページの答え：　Iー①a　②b　③b　④a　⑤b　⑥a　⑦a　⑧b
IIー⑨4　⑩3　⑪2　⑫2　IIIー⑬1　⑭3　⑮4　⑯4

第１週　でかける①

3日目　サイン 標示 Signs

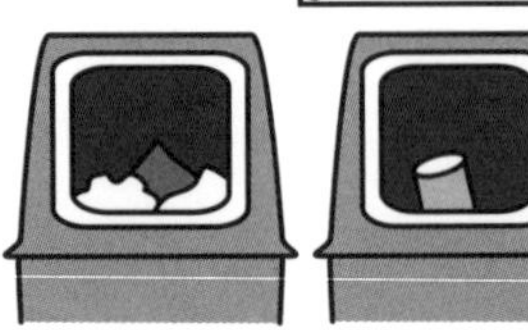

No.	漢字	画数	読み	語彙	意味	語彙	意味
17	非	8画	ヒ	非常(の)（ひじょう） 非常口（ひじょうぐち）	非常的 emergency 緊急逃生口 an emergency exit	非常に（ひじょう）	非常地 extremely
18	常	11画	ジョウ	日常(の)（にちじょう）	日常的 usual, everyday	正常(な)（せいじょう）	正常的 normal
19	階	12画	カイ	～階（かい）	～樓 floor		
20	段	9画	ダン	階段（かいだん）	樓梯 stairs		
21	箱	15画	はこ	箱（はこ）	箱子 a box	ごみ箱（ばこ）	垃圾（郵件）桶 a trash box
22	危	6画	キ あぶ-ない	危険(な)（きけん） 危ない（あぶ）	危險 danger 危險的 dangerous		
23	険	11画	ケン	危険(な)（きけん）	危險 danger		
24	捨	11画	す-てる	捨てる（す）	丟棄 throw away		

れんしゅう

Ⅰ （　　）に入れるのに最もよいものを一つえらびなさい。

① 午後は（　　　）に風が強くなるでしょう。

1　無断　　2　左右　　3　無理　　4　非常

② 日本語の（　　　）会話を習っています。

1　正常　　2　非常　　3　日常　　4　無常

③（　　　）ですから、押さないでください。

1　危険　　2　満車　　3　信号　　4　確認

Ⅱ ＿＿＿の正しい読みに○をつけなさい。

④ ホテルにとまったら、非常口を確かめておきましょう。

1　いじょうぐち　　2　ふじょうぐち　　3　むじょうぐち　　4　ひじょうぐち

⑤ エレベーターを使わずに、階段を使うようにしています。

1　けいらん　　2　けいだん　　3　かいらん　　4　かいだん

⑥ その箱の中に何が入っていますか。

1　ばこ　　2　ほこ　　3　はこ　　4　ぼこ

Ⅲ ＿＿＿の正しい漢字に○をつけなさい。

⑦ あぶないですから、ここであそばないでください。

1　険ない　　2　危ない　　3　非ない　　4　注ない

⑧ ここにごみをすてないでください。

1　捨てないで　　2　押てないで　　3　飛てないで　　4　認てないで

（答えは p.19）

15ページの答え：	Ⅰ－①a　②a　③a　④a　⑤b　⑥a　⑦a　⑧b
	Ⅱ－⑨1　⑩1　⑪4　⑫2　　Ⅲ－⑬1　⑭3　⑮4　⑯2

4日目　駅のホーム

えき

車站的月台
A Platform

25	線	15画	セン	線（せん）	線 a line	～番線（ばんせん）	～號月台 line (platform) number ... ☞ 38 番
26	面	9画	メン	全面（ぜんめん） 〇〇方面（ほうめん）	全面 whole ☞ 69 全 〇〇方向 ... area	画面（がめん）	畫面 a screen
27	普	12画	フ	普通(の)（ふつう）	普通 ordinary		
28	各	6画	カク	各駅（かくえき） 各自（かくじ）	各個車站 every station 各自 respective / each person	各国（かっこく）	各國 each country
29	次	6画	ジ つぎ	目次（もくじ） 次（つぎ）	目錄 contents 下一個 next	次回（じかい）	下次 the next time
30	快	7画	カイ	快速（かいそく）	快車 ordinary		
31	速	10画	ソク はや-い	高速道路（こうそくどうろ） 速い（はや）	高速公路 a highway ☞ 41 路 快的 fast	速度（そくど）	速度 speed
32	過	12画	カ す-ぎる	通過（つうか） 過ぎる（す）	通過 passage / transit 經過 pass	過去（かこ）	過去 past
33	鉄	13画	テツ	地下鉄（ちかてつ） 鉄（てつ）	地鐵 a subway 鐵 steel	鉄道（てつどう）	鐵路 a railway

れんしゅう

I　正しいほうに○をつけなさい。

① 普通電車：（a. 各駅に止まる　b. 平日(へいじつ)に運転する）電車

② 電車が通過する：その駅に（a. 止まる　b. 止まらない）こと

③ 先発：先に（a. 出る　b. 着く）こと

④ 本の（a. 次回　b. 目次）を見る。

⑤ ノートパソコンの（a. 全面　b. 画面）は大きくない。

⑥ 世界（a. 各国　b. 各自）から人が集まる。

⑦（a. 快速　b. 高速）道路の料金をはらう。

⑧ 彼(かれ)は足が（a. 早い　b. 速い）。

II　＿＿＿の正しい読みに○をつけなさい。

	1	2
⑨ 地下鉄に乗りかえましょう。	1　ちがてつ	2　ちかてつ
⑩ その駅はもう過ぎましたよ。	1　すぎました	2　つぎました
⑪ 過去のことは考えない。	1　かこ	2　かきょ
⑫ 上り方面、電車がまいります。	1　かためん	2　ほうめん

III　＿＿＿の正しい漢字に○をつけなさい。

	1	2
⑬ かいそくはこの駅には止まりません。	1　快速	2　特急
⑭ この駅ではタバコはぜんめん禁止です。	1　前面	2　全面
⑮ つぎは東京、東京です。	1　次	2　先
⑯ ふつうのきっぷと特急券(けん)を買う。	1　不通	2　普通

（答えは p.21）

17ページの答え：　I－①4　②3　③1　II－④4　⑤4　⑥3　III－⑦2　⑧1

第1週　でかける①

5日目　特急電車（とっきゅうでんしゃ）

特快電車
Express Train

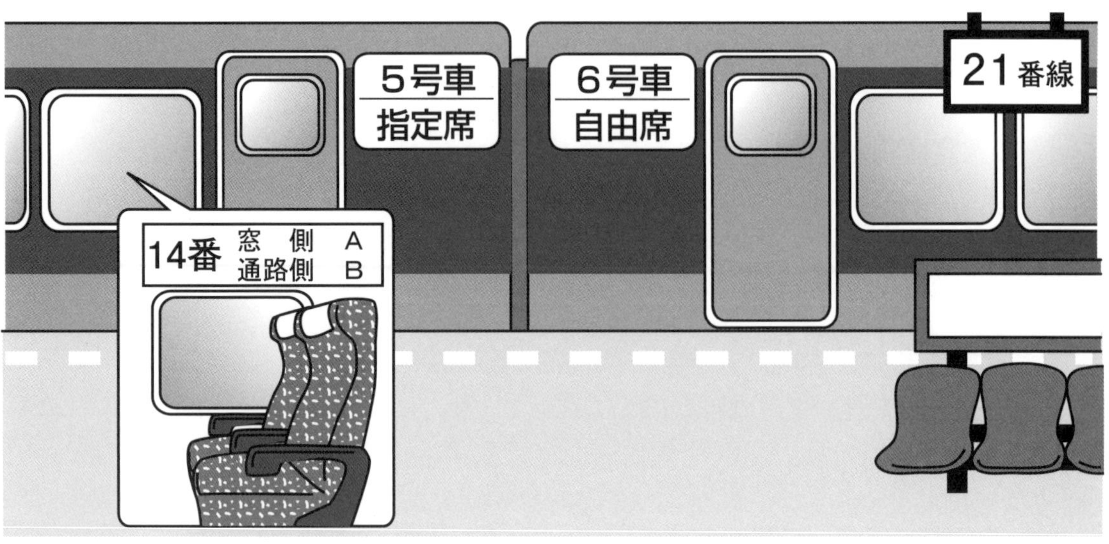

No.	漢字	画数	読み	語	意味	語	意味
34	指	9画	シ / ゆび	指定（してい）	指定 specify, designate	指定席（していせき）	指定席、對號座 a reserved seat
				指（ゆび）	手指 a finger	指輪（ゆびわ）	戒指 a ring
35	定	8画	テイ	定休日（ていきゅうび）	固定休息日 a set / regular holiday	安定（あんてい）	安定的 stable ↔不安定（ふあんてい）
36	席	10画	セキ	席（せき）	座位 a seat		
				出席（しゅっせき）	出席 attend	↔欠席（けっせき）	缺席 absence ☞ 327 欠
37	由	5画	ユウ	自由（じゆう）（な）	自由的 free	自由席（じゆうせき）	自由席 a non-reserved seat
				理由（りゆう）	理由 reason		
38	番	12画	バン	番号（ばんごう）	號碼 a number	～番（ばん）	～號 number ...
				～番線（ばんせん）	～號月台 line (platform) number ...		
39	窓	11画	まど	窓（まど）	窗戶 a window	窓口（まどぐち）	窗口、櫃台 a teller's window
40	側	11画	かわ	両側（りょうがわ）	兩側 both sides ☞ 46 両		
				窓側（まどがわ）	靠窗一側 a window seat	右側（みぎがわ）	右側 the right side
41	路	13画	ロ	通路（つうろ）	走道 an aisle	道路（どうろ）	道路 a road
				線路（せんろ）	軌道 a railway		

れんしゅう

Ⅰ　正しいほうに○をつけなさい。

① 外が見えるように（a. 窓側　b. 通路側）に座（すわ）る。

② この電車は全席（a. 安定　b. 指定）です。

③ 下り電車は（a. 2番線　b. 2号車）です。

④ この店は年中（a. 無休　b. 定休）です。

⑤ 欠席の（a. 自由　b. 理由）を書く。

⑥（a. 席　b. 窓）を開ける。

⑦ 電話（a. 番号　b. 信号）を教える。

⑧ 高速（a. 道路　b. 通路）を車で走る。

Ⅱ　＿＿＿の正しい読みに○をつけなさい。

⑨ パーティーに<u>出席</u>する。	1　しゅっせき	2　しゅせき
⑩ 細（ほそ）くて長い<u>指</u>。	1　ゆみ	2　ゆび
⑪ <u>自由席</u>のきっぷを買う。	1　じゅうゆせき	2　じゆうせき
⑫ 道の<u>両側</u>に店がならんでいる。	1　りょうがわ	2　りょうかわ
⑬ ここは<u>指定席</u>です。	1　ちていせき	2　していせき
⑭ 田中さんは<u>欠席</u>です。	1　けっせき	2　くうせき

Ⅲ　＿＿＿の正しい漢字に○をつけなさい。

⑮ 今日の天気は<u>ふあんてい</u>だ。	1　非安定	2　不安定
⑯ <u>つうろ</u>に物をおかないでください。	1　通路	2　線路

（答えは p.23）

19ページの答え：　Ⅰ－①a　②b　③a　④b　⑤b　⑥a　⑦b　⑧b Ⅱ－⑨2　⑩1　⑪1　⑫2　　Ⅲ－⑬1　⑭2　⑮1　⑯2

6日目　バス　公車 Bus

No.	漢字	画数	読み	語	意味	語	意味
42	停	11画	テイ	停車（ていしゃ）	停車 stop a vehicle	バス停（てい）	公車站 a bus stop
43	整	16画	セイ	整理（せいり）	整理 tidy		
				整理券（せいりけん）	號碼牌 numbered ticket (issued at cinemas, etc. to indicate the order in which people may enter)		
44	券	8画	ケン	駐車券（ちゅうしゃけん）	停車券 a parking ticket	乗車券（じょうしゃけん）	車票 a (boarding) ticket
				回数券（かいすうけん）	回數票 (book of) commuter ticket(s)	☞ 153 数	
45	現	11画	ゲン あらわ-れる	現金（げんきん）	現金 cash	表現（ひょうげん）	表現 expression ☞ 146 表
				現れる（あらわ）	出現 appear		
46	両	6画	リョウ	両親（りょうしん）	雙親、父母 parents	～両（りょう）	～車廂 ... cars on a train
47	替	12画	か-える	取り替える（と か）	替換 exchange ☞ 212 取	両替（りょうがえ）	兌換(貨幣) exchange
				着替える（き が）	換衣服 change your clothes		
48	優	17画	ユウ やさ-しい	優先席（ゆうせんせき）	博愛座 a priority seat	女優（じょゆう）	女演員 an actress
				優しい（やさ）	溫柔的 kind		
49	座	10画	ザ すわ-る	座席（ざせき）	座位 a seat	正座（せいざ）	跪坐 sit on the floor Japanese style
				座る（すわ）	坐 sit		
50	降	10画	コウ お-りる ふ-る	降車口（こうしゃぐち）	下車的地方 exit (for getting off)	以降（いこう）	以後 after ...
				降りる（お）	下來 get off	降る（ふ）	下、降 fall

れんしゅう

I　正しいほうに○をつけなさい。

① お年寄(としよ)りや体の不自由な人のための席：（a. 優先席　b. 指定席）

② バスが止まるところ：（a. 降車口　b. バス停）

③ 円をドルに（a. 両側　b. 両替）する

④ たたみの部屋(へや)で（a. 正座　b. 座席）する

⑤ カードでも（a. 現金　b. 料金）でもいいです。

⑥ パジャマに（a. 着替えて　b. 取り替えて）寝る。

⑦（a. 回数券　b. 整理券）をもらって順(じゅん)番を待つ。

⑧ バスを（a. 降りる　b. 降る）。

II　＿＿＿の読みに○をつけなさい。

	1	2
⑨ 田中さんが<u>現れた</u>	1　あらわれた	2　あわられた
⑩ 席に<u>座る</u>	1　さわる	2　すわる
⑪ きれいな<u>女優</u>さん	1　じょゆう	2　じょうゆう
⑫ <u>両親</u>に会う	1　りょうしん	2　りゅうしん

III　＿＿＿の正しい漢字に○をつけなさい。

	1	2
⑬ 各駅<u>ていしゃ</u>	1　駐車	2　停車
⑭ 3時<u>いこう</u>に来てください。	1　以後	2　以降
⑮ <u>じょうしゃけん</u>を買う	1　乗車券	2　駐車券
⑯ あの人は<u>やさしい</u>	1　楽しい	2　優しい

（答えは p.26）

21ページの答え：　Ⅰ－①a　②b　③a　④a　⑤b　⑥b　⑦a　⑧a
Ⅱ－⑨1　⑩2　⑪2　⑫1　⑬2　⑭1　Ⅲ－⑮2　⑯1

7日目　実戦問題
じっせんもんだい

實踐問題
Practice Exercise

制限時間：15分
1問5点×20問
（答えは巻末p.118）

点数
／100

問題1　＿＿のことばの読み方として最もよいものを、1・2・3・4から一つえらびなさい。

1　「飛び出し注意」と書いてあります。

1　よびだしちゅうい　2　とびだしちゅうい
3　とびだしじゅうい　4　よびだしじゅうい

2　この時計は正確です。

1　せいかく　2　せっかく　3　しょうかく　4　しょうがく

3　横断歩道をわたりましょう。

1　こうだん　2　おうだん　3　きんだん　4　そうだん

4　このなべは鉄で作られています。

1　しつ　2　ねつ　3　れつ　4　てつ

5　優先席ではけいたい電話を使わないでください。

1　うせん　2　にゅうせん　3　ゆうせん　4　よやく

6　料金は降りるときにはらってください。

1　のりる　2　ふりる　3　こりる　4　おりる

7　関係者以外入らないでください。

1　かんけいしゃ　2　かんれんしゃ　3　けいけんしゃ　4　かんきょうしゃ

8　確認ボタンを押します。

1　せきにん　2　かくにん　3　しょうにん　4　こうにん

9　ドアの横にスイッチがあります。

1　そば　2　よこ　3　たて　4　となり

10　高速道路から飛行場が見えます。

1　こうくう　2　ひこうば　3　くうこう　4　ひこうじょう

問題2 ＿＿＿のことばを漢字でかくとき、最もよいものを、１・２・３・４から一つえらびなさい。

11 席はなんばんですか。

1 何号　2 向番　3 何番　4 向号

12 黄色いせんまで下がってお待ちください。

1 線　2 信　3 段　4 側

13 あの女優はひょうげん力がある。

1 表信　2 表見　3 表言　4 表現

14 社長はまちがいをみとめた。

1 定めた　2 認めた　3 窓めた　4 面めた

問題3 （　）に入れるのに最もよいものを、１・２・３・４から一つえらびなさい。

15 この電車は（　　）駅に止まります。

1 毎　2 次　3 各　4 両

16 あの信号は押しボタン（　　）です。

1 箱　2 席　3 向　4 式

17 駐車場はただいま（　　）車です。

1 両　2 満　3 禁　4 非

18 1万円以上は、送料（　　）料です。

1 非　2 不　3 無　4 禁

19 整理（　　）を取ってお待ちください。

1 停　2 箱　3 路　4 券

20 お金は料金（　　）に入れてください。

1 箱　2 式　3 側　4 券

クイズ① どちらの字（じ）？ 哪個字？ Which Kanjis?

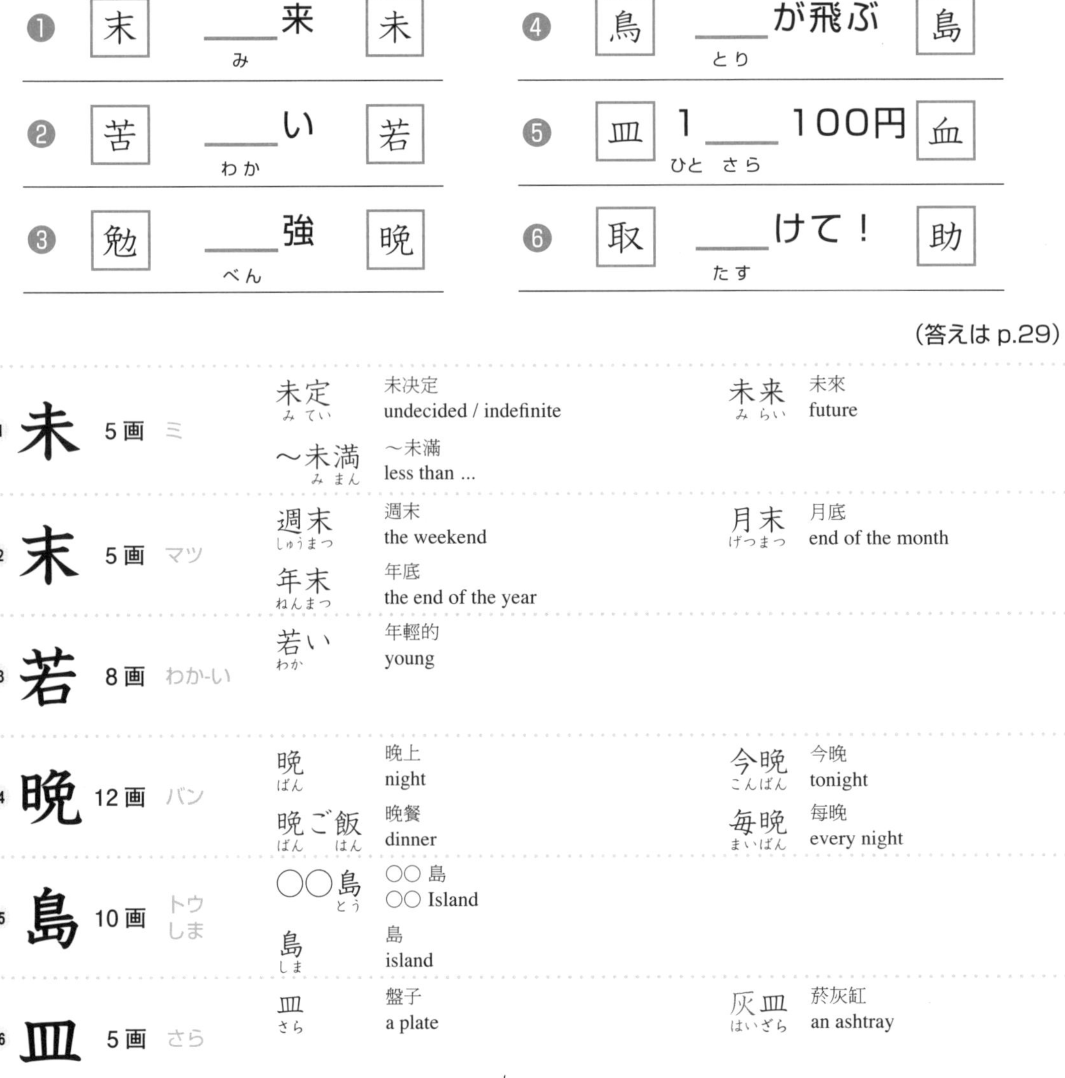

❶	末	＿＿来（み）	未
❷	苦	＿＿い（わか）	若
❸	勉	＿＿強（べん）	晩
❹	鳥	＿＿が飛ぶ（とり）	島
❺	皿	1＿＿ 100円（ひと さら）	血
❻	取	＿＿けて！（たす）	助

（答えは p.29）

No.	漢字	画数	読み	語彙	語彙
51	未	5画	ミ	未定（みてい） 未決定 undecided / indefinite ～未満（みまん） ～未滿 less than ...	未来（みらい） 未來 future
52	末	5画	マツ	週末（しゅうまつ） 週末 the weekend 年末（ねんまつ） 年底 the end of the year	月末（げつまつ） 月底 end of the month
53	若	8画	わか-い	若い（わか） 年輕的 young	
54	晩	12画	バン	晩（ばん） 晚上 night 晩ご飯（ばんはん） 晚餐 dinner	今晩（こんばん） 今晚 tonight 毎晩（まいばん） 每晚 every night
55	島	10画	トウ しま	○○島（とう） ○○島 ○○ Island 島（しま） 島 island	
56	皿	5画	さら	皿（さら） 盤子 a plate	灰皿（はいざら） 菸灰缸 an ashtray
57	血	6画	ケツ ち	出血（しゅっけつ） 流血 bleed 血（ち） 血 blood	
58	助	7画	ジョ たす-ける	救助（きゅうじょ） 救助 rescue / help 助ける（たす） 救助、幫忙 help	

取 ☞ 212 苦 ☞ 225

23ページの答え： Ⅰ－①a ②b ③b ④a ⑤a ⑥a ⑦b ⑧a
Ⅱ－⑨1 ⑩2 ⑪1 ⑫1 Ⅲ－⑬2 ⑭2 ⑮1 ⑯2

でかける②

出門去②

Go Out ②

1日目　レストラン

餐廳
Restaurant

No.	漢字	画数	読み	語彙	中文 / English	語彙	中文 / English
59	準	13画	ジュン	準備（じゅんび）	準備 preparation		
60	備	12画	ビ そな-える	準備（じゅんび） 備える（そなえる）	準備 preparation 設置、具備 prepare		
61	営	12画	エイ	営業（えいぎょう）	營業 business		
62	閉	11画	ヘイ し-まる し-める	開閉（かいへい） 閉まる（しまる）	開闔 open and shut 緊閉 shut / close	閉める（しめる）	關閉 shut / close
63	案	10画	アン	案内（あんない）	指引、嚮導 information	案（あん）	計畫、草案 a suggestion, proposal, plan
64	内	4画	ナイ うち	家内（かない） 内側（うちがわ）	妻子、內人 wife 內側 inside	以内（いない） 国内（こくない）	以內 within ... 國內 domestic
65	予	4画	ヨ	予定（よてい）	預定 a plan / schedule	予習（よしゅう）	預習 preparation (pre-study)
66	約	9画	ヤク	予約（よやく）	預約 an appointment / reservation	約～（やく）	大約～ approximately

れんしゅう

I　正しいほうに○をつけなさい。＊カタカナ語の訳は下にあります。

① 営業中：店は（a. あいている　b. しまっている）

② 準備中：店に（a. 入れる　b. 入れない）

③ 定休日：店には決まった休みの日が（a. ある　b. ない）

④ 営業案内：店についての（a. コンセプト*　b. インフォメーション*）

⑤ 予約うけたまわります：予約（a. できる　b. できない）

⑥ ご予約確認メールを３日（a. 以外　b. 以内）にお送りします。

⑦ 屋上駐車場は夜９時に（a. 備えます　b. 閉まります）ので、ご注意ください。

⑧ あの店は（a. 約　b. 各）50 種類のワインを備えている。

II　正しい読みに○をつけなさい。

⑨ 営業	1	えいぎゅう	2	えいぎょう	3	えいごう	4	えいよう
⑩ 準備	1	じょうび	2	じょんび	3	じゅうび	4	じゅんび
⑪ 案内	1	あねい	2	あんねい	3	あない	4	あんない
⑫ 予約	1	よやく	2	ゆやく	3	よゆく	4	やゆく

III　正しい漢字に○をつけなさい。

⑬ よしゅう	1	子習	2	了習	3	予習	4	丁習
⑭ かいへい	1	聞閉	2	閉開	3	開閉	4	開門
⑮ うちがわ	1	家側	2	内側	3	中側	4	向側
⑯ そなえる	1	定える	2	準える	3	営える	4	備える

（答えは p.31）

カタカナも おぼえる？

コンセプト　觀念　concept
インフォメーション　資訊、情報　information

26 ページの答え：　❶未　❷若　❸勉　❹鳥　❺皿　❻助

第2週　でかける②

2日目　禁煙（きんえん）

禁菸
No Smoking

No.	漢字	画数	読み	語彙
67	煙	13画	エン けむり	禁煙（きんえん） 禁菸 no smoking 煙（けむり） 菸 smoke
68	当	6画	トウ あ-たる	本当（ほんとう） 真的 the truth 当たる（あ） （光線）照射 hit / win 当○○（とう） 此○○ this ○○ 当たり前（あ／まえ） 當然 natural, not surprising
69	全	6画	ゼン	全部（ぜんぶ） 全部 all / whole ☞ 152 部 全席（ぜんせき） 全部的座位 all seats 安全（な）（あんぜん） 安全的 safe
70	客	9画	キャク	客（きゃく） 客人 a customer お客様（きゃくさま） 客人 a customer
71	様	14画	ヨウ さま	様子（ようす） 樣子 appearance / situation ○○様（さま） 接在人名、身份等後面表示敬意 an honorific added to people's names, particularly in letters
72	解	13画	カイ	理解（りかい） 理解 understand 解説（かいせつ） 解說 an explanation 解答（かいとう） 解答 an answer 分解（ぶんかい） 分解 take apart
73	協	8画	キョウ	協力（きょうりょく） 合作、協力 cooperation
74	願	19画	ねが-う	願う（ねが） 願望 wish

れんしゅう

I　正しいほうに○をつけなさい。

① 当店：（a. この店　b. その店）

② 全席禁煙：全部の席でたばこが（a. 吸（す）える　b. 吸えない）

③ 安全：（a. 危ない　b. 危なくない）

④ 解答：（a. もんだい　b. こたえ）

⑤ 買い物をして代金をはらうのは（a. 当たり前だ　b. 無料だ）。

⑥ 時計を（a. 分解して　b. 停車して）また組み立てる。

⑦ 本の（a. 理由　b. 解説）を読む。

⑧ たからくじ※が（a. 当たる　b. 認める）。※たからくじ 彩券 lottery

II　正しい読みに○をつけなさい。

⑨ 様子	1　ようす	2　ようし	3　やうす	4　やうし
⑩ 協力	1　こうりゅく	2　こうりょく	3　きゅうりき	4　きょうりょく
⑪ 煙	1　けむり	2　きむり	3　くむり	4　こむり
⑫ 本当	1　ほんと	2　ほんど	3　ほんとう	4　ほんどう

III　正しい漢字に○をつけなさい。

⑬ おねがい	1　お顔い	2　お願い	3　お頭い	4　お預い
⑭ おきゃくさま	1　お各様	2　お皆様	3　お客様	4　お名様
⑮ りかい	1　野解	2　理解	3　利解	4　了解
⑯ ぜんせき	1　全席	2　全度	3　金席	4　金度

（答えは p.33）

29ページの答え：　I ー ①a　②b　③a　④b　⑤a　⑥b　⑦b　⑧a
II ー ⑨2　⑩4　⑪4　⑫1　　III ー ⑬3　⑭3　⑮2　⑯4

3日目　観光地図（かんこうちず）

觀光地圖
Sightseeing Map

→〇〇空港

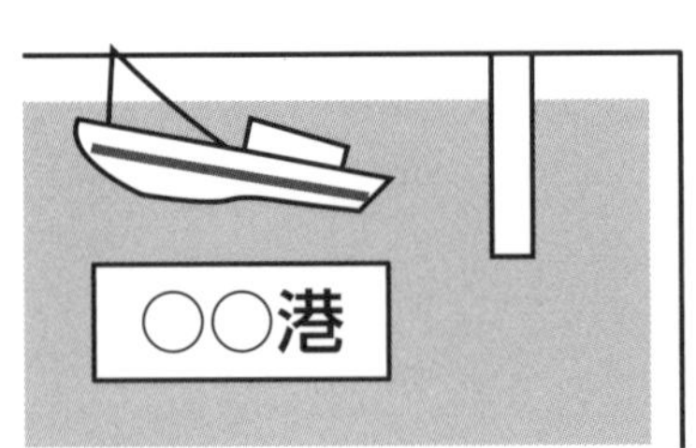

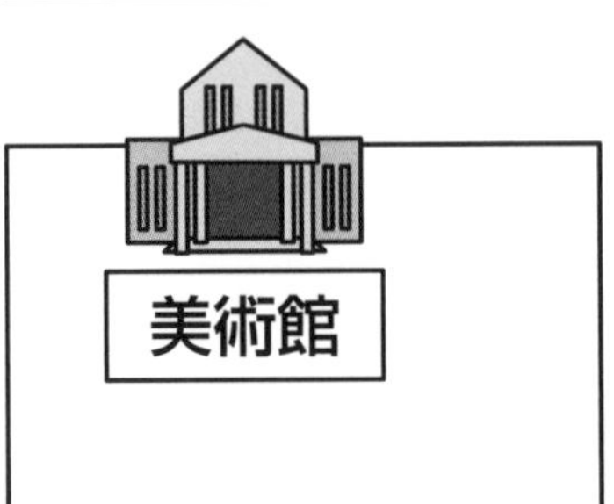

No.	漢字	画数	読み	語彙	意味	語彙	意味	参照
75	観	18画	カン	観光（かんこう）	觀光 sightseeing	観客（かんきゃく）	觀眾 spectator, audience	
76	園	13画	エン	動物園（どうぶつえん）	動物園 a zoo			
77	港	12画	コウ みなと	空港（くうこう） 港（みなと）	機場 an airport 港口 a port	〇〇港（こう）	〇〇 港 〇〇 port	
78	遊	12画	ユウ あそ-ぶ	遊園地（ゆうえんち） 遊ぶ（あそ）	遊樂園 an amusement park 玩 play			
79	美	9画	ビ うつく-しい	美術館（びじゅつかん） 美しい（うつく）	美術館 a museum 漂亮的 beautiful	美人（びじん）	美女 a beautiful woman	
80	術	11画	ジュツ	美術（びじゅつ） 手術（しゅじゅつ）	美術 (fine) art 手術 surgery, operation	技術（ぎじゅつ）	技術 technique, technology	☞ 293 技
81	神	9画	シン ジン かみ	神社（じんじゃ） 神様（かみさま）	神社 a shrine 神 a god	神経質（しんけいしつ）(な)	神經質的 nervous	☞ 306 経
82	寺	6画	ジ てら	〇〇寺（じ） お寺（てら）	〇〇 寺 〇〇 Temple 寺廟 a temple			

れんしゅう

I　正しいほうに○をつけなさい。＊カタカナ語の訳は下にあります。

① 遊園地：（a. およぐところ　b. あそぶところ）

② 動物園：動物を（a. 買うところ　b. 見るところ）

③ 港：（a. 船(ふね)が着くところ　b. 飛行機が着くところ）

④ 美術：（a. テクニック＊　b. アート＊）

⑤ 神経質：小さいことを（a. 気にする　b. 気にしない）

⑥ 美術館：（a. 本を借りるところ　b. 作品を見るところ）

⑦ 日本へは（a. 観光で　b. 空港で）来ました。

⑧（a. 観客　b. 全席）は 立って手をたたいた。

II　正しい読みに○をつけなさい。

⑨ お寺	1　おでら	2　おたな	3　おしろ	4　おてら
⑩ 港	1　めらど	2　みらと	3　みなと	4　みなど
⑪ 美しい	1　うくつしい	2　うつくしい	3　うすくしい	4　うくすしい
⑫ 神社	1　しんしゃ	2　じんじゃ	3　しんじゃ	4　かんしゃ

III　正しい漢字に○をつけなさい。

⑬ あそぶ	1　遊ぶ	2　飛ぶ
⑭ かみさま	1　神様	2　客様
⑮ びじん	1　無人	2　美人
⑯ しゅじゅつ	1　技術	2　手術

（答えは p.35）

カタカナも おぼえる？

テクニック　技術　technique
アート　美術　(fine) art

31 ページの答え：　I－①a　②b　③b　④b　⑤a　⑥a　⑦b　⑧a
II－⑨1　⑩4　⑪1　⑫3　　III－⑬2　⑭3　⑮2　⑯1

4日目　街の地図（まち ちず）

街道地圖
A Map of the City

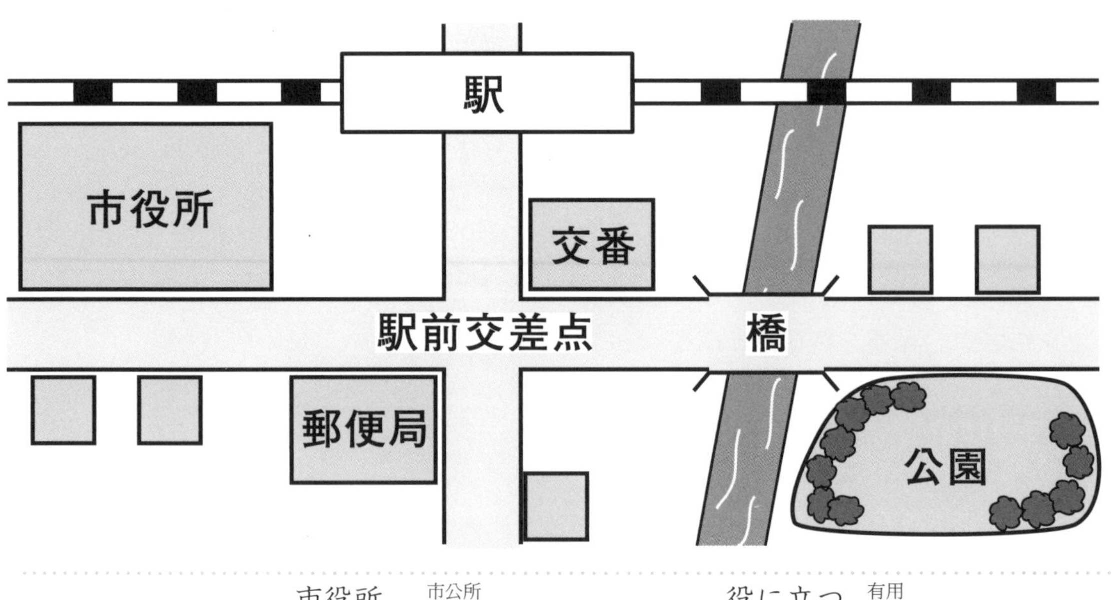

No.	漢字	画数	読み	語	中文 / English	語	中文 / English
83	役	7画	ヤク	市役所（しやくしょ）	市公所 the city office	役に立つ（やく た）	有用 useful
				役員（やくいん）	議員 an officer / member		
84	郵	11画	ユウ	郵便（ゆうびん）	郵件 mail		
85	局	7画	キョク	郵便局（ゆうびんきょく）	郵局 a post office	薬局（やっきょく）	藥房 a drug store
86	交	6画	コウ	交番（こうばん）	派出所 a police box	交通（こうつう）	交通 transport
				交換（こうかん）	交換 exchange ☞ 209 換		
87	差	10画	サ / さ-す	差（さ）	差異 difference		
				差し出す（さ だ）	伸出 hand in	差出人（さしだしにん）	寄件人 a sender
88	点	9画	テン	交差点（こうさてん）	十字路口 an intersection	点数（てんすう）	分數 score / points ☞ 153 数
				～点（てん）	～點 ... points		
89	橋	16画	キョウ / はし	歩道橋（ほどうきょう）	天橋 a foot bridge		
				橋（はし）	橋梁 a bridge		
90	公	4画	コウ	公園（こうえん）	公園 a park		

れんしゅう

I　正しいほうに○をつけなさい。

① 差出人：手紙や荷物(にもつ)を（a. 送る人　b. 受け取る人）

② 歩道橋：車は（a. わたれる　b. わたれない）橋

③ 5と3の（a. 次　b. 差）は2です。

④（a. 交番　b. 番号）で道を聞く。

⑤ この本は勉強の（a. 約に　b. 役に）立つ。

⑥ 50円の（a. 郵便　b. 整理）切手を買いました。

⑦ クラスの（a. 店員　b. 役員）をえらびます。

⑧（a. 交差点　b. 横断歩道）を右にまがってください。

II　正しい読みに○をつけなさい。

⑨ 橋	1　はち	2　ばち	3　はし	4　ばし
⑩ 市役所	1　しやくしょ	2　しゃくしょ	3　しよくしょ	4　しょくしょ
⑪ 交通	1　きょうちゅう	2　こうつう	3　こんちゅう	4　きょうつう
⑫ 郵便	1　やうびん	2　ようべん	3　ゆうびん	4　ゆうべん

III　正しい漢字に○をつけなさい。

⑬ こうかん	1　友換	2　父換	3　文換	4　交換
⑭ てんすう	1　定数	2　点数	3　階数	4　停数
⑮ やっきょく	1　薬局	2　楽局	3　薬屋	4　楽屋
⑯ こうえん	1　草園	2　楽園	3　公園	4　窓園

（答えは p.37）

33ページの答え：　Iー①b　②b　③a　④b　⑤a　⑥b　⑦a　⑧a
IIー⑨4　⑩3　⑪2　⑫2　　IIIー⑬1　⑭1　⑮2　⑯2

5日目　病院（びょういん）

醫院
Hospital

No.	漢字	画数	読み	語	意味	語	意味
91	受	8画	ジュ う-ける	受信（じゅしん）	收訊 receive	受験（じゅけん）	應試 an entrance examination
				受ける（う）	接受 receive		
92	付	5画	つ-ける つ-く	付ける（つ）	附著 put on	片付ける（かたづ）	收拾 tidy up
				❗受付（うけつけ）	掛號處、詢問處 a reception	付く（つ）	沾上 stick to
93	科	9画	カ	科学（かがく）	科學 science	外科（げか）	外科 surgery department
				内科（ないか）	內科 internal medicine	教科書（きょうかしょ）	教科書 a textbook
94	鼻	14画	ビ はな	耳鼻科（じびか）	耳鼻科 ears and nose department	鼻（はな）	鼻子 a nose
95	婦	11画	フ	婦人（ふじん）	婦女 a woman	産婦人科（さんふじんか）	婦產科　obstetrics and gynecology department
				主婦（しゅふ）	主婦 a housewife		
96	形	7画	ケイ ギョウ かたち	形式（けいしき）	形式 form / type	図形（ずけい）	圖形 a diagram
				整形外科（せいけいげか）	整形外科 orthopedics department		
				人形（にんぎょう）	娃娃 a doll / puppet	形（かたち）	形狀 shape / form
97	骨	10画	コツ ほね	骨折（こっせつ）	骨折 a bone fracture	骨（ほね）	骨頭、骨架 a bone
98	折	7画	セツ お-る お-れる	右折（うせつ）	右轉 a right turn	左折（させつ）	左轉 a left turn
				折る（お）	折斷 break / fold (something)	折り紙（おりがみ）	折紙 Japanese art of folding paper
				折れる（お）	折斷 break		

れんしゅう

Ⅰ　正しいほうに○をつけなさい。

① 受験：試験（a. に受かる　b. を受ける）こと

② 骨折：骨が（a. まがる　b. おれる）こと

③ 婦人：（a. 女の人　b. おくさん）

④ 教科書：（a. 字を調べる　b. 授業(じゅぎょう)で使う）本

⑤ 受信：メールなどを（a. おくる　b. もらう）こと

⑥ 何か顔に（a. 付いています　b. 向いています）よ。

⑦ 定規(じょうぎ)やコンパスで（a. 図形　b. 形式）をかく。

⑧ ちらかった部屋(へや)を（a. 受付ける　b. 片付ける）。

Ⅱ　正しい読みに○をつけなさい。

⑨ 人形	1　にんげん	2　じんこう	3　じんけい	4　にんぎょう
⑩ 折り紙	1　ちりがみ	2　おりがみ	3　はりがみ	4　とりがみ
⑪ 外科	1　げか	2　がか	3　ほか	4　がいか
⑫ 骨	1　はね	2　こね	3　ほね	4　むね

Ⅲ　正しい漢字に○をつけなさい。

⑬ かたち	1　線	2　形	3　面	4　点
⑭ じびか	1　目鼻科	2　耳鼻科	3　耳目科	4　目耳科
⑮ うせつ	1　右折	2　左折	3　石折	4　各折
⑯ しゅふ	1　夫婦	2　王婦	3　玉婦	4　主婦

（答えは p.39）

35ページの答え：　Ⅰ－①a　②b　③b　④a　⑤b　⑥a　⑦b　⑧a
Ⅱ－⑨3　⑩1　⑪2　⑫3　Ⅲ－⑬4　⑭2　⑮1　⑯3

6日目　困(こま)ったときは

有困難的時候
When You Need Help

困ったときの電話番号

消防（火事・救急車）　119番

警察（事件(じけん)・事故）　110番

災害(さいがい)用伝言ダイヤル　171番

No.	漢字	画数	読み	語	中文 / English	語	中文 / English
99	困	7画	こま-る	困る（こま）	困難、為難 be in trouble		
100	消	10画	ショウ き-える け-す	消防（しょうぼう）	消防 fire fighting	消える（き）	消失 be extinguished, disappear
				消す（け）	消去 extinguish	消しゴム（け）	橡皮擦 an eraser
101	防	7画	ボウ ふせ-ぐ	予防（よぼう）	預防 precaution, prevention		
				防ぐ（ふせ）	防止 prevent		
102	救	11画	キュウ すく-う	救急車（きゅうきゅうしゃ）	救護車 an ambulance		
				救う（すく）	救 save		
103	警	19画	ケイ	警官（けいかん）	警官 a police officer		
104	察	14画	サツ	警察（けいさつ）	警察 police	警察署（けいさつしょ）	警察署 a police station
105	故	9画	コ	事故（じこ）	事故 an accident	故障（こしょう）	故障 break-down, failure
				故○○（こ）	已故○○ the late Mr.		
106	伝	6画	デン つた-える	伝言（でんごん）	留言 a message		
				伝える（つた）	傳達 convey / communicate	○手伝う（てつだ）	幫忙 help

れんしゅう

Ⅰ　正しいほうに○をつけなさい。＊カタカナ語の訳は下にあります。

① 故障：（a. こわれている　b. しまっている）

② 伝言：（a. メッセージ*　b. マッサージ*）

③ 救急車：（a. 病人やけが人を運ぶ　b. パトロールする）車

④ 消防車：（a. 病気を防ぐ　b. 火事を消す）車

⑤ 故Aさん：（a. けがをした　b. なくなった）Aさん

⑥ 消費：（a. 食品に使うお金　b. 使ってしまうこと）

⑦ みなさんに、よろしく（a. お伝え　b. お願い）ください。

⑧ 将来（しょうらい）（a. 警官　b. 警察）になりたい。

Ⅱ　正しい読みに○をつけなさい。

⑨ 救う	1　すくう	2　つくう	3　きゅう	4　こう
⑩ 消える	1　もえる	2　けえる	3　きえる	4　こえる
⑪ 警察	1　けいさつ	2　けんさつ	3　かいさつ	4　けいさい
⑫ 防ぐ	1　かせぐ	2　ふせぐ	3　ふさぐ	4　いそぐ

Ⅲ　正しい漢字に○をつけなさい。

⑬ こまる	1　回る	2　因る	3　囚る	4　困る
⑭ じこ	1　事枚	2　事救	3　事改	4　事故
⑮ てつだう	1　手助う	2　手伝う	3　手替う	4　手救う
⑯ よぼう	1　矛防	2　呼防	3　予防	4　了防

（答えは p.42）

カタカナもおぼえる？　メッセージ　留言　message
マッサージ　按摩　massage

37ページの答え：　Ⅰ－①b　②b　③a　④b　⑤b　⑥a　⑦a　⑧b
Ⅱ－⑨4　⑩2　⑪1　⑫3　　Ⅲ－⑬2　⑭2　⑮1　⑯4

7日目　実戦問題（じっせんもんだい）

實踐問題
Practice Exercise

制限時間（せいげんじかん）：15分（ふん）
1問（もん）5点（てん）×20問（もん）
（答（こた）えは巻末（かんまつ）p.118）

点数（てんすう）　／100

問題1　＿＿＿のことばの読み方として最もよいものを、1・2・3・4から一つえらびなさい。

1　ご協力ありがとうございます。

1　きゅうりょく　　2　きょうりょく　　3　こうりょく　　4　こうりゃく

2　日本語がわからなくて困っています。

1　くまって　　2　こまって　　3　よわって　　4　まいって

3　手伝ってくれませんか。

1　たすけって　　2　てつだって　　3　ことづかって　　4　つたえって

4　美術館に絵（え）を見に行きました。

1　ぶじゅつかん　　2　ぎじゅつかん　　3　びじゅつかん　　4　しゅじゅつかん

5　空港は空の港です。

1　くうこう　　2　くうきょう　　3　こうきょう　　4　こうこう

6　京都に金閣（きんかく）寺という有名なお寺があります。

1　じ　　2　ぎ　　3　に　　4　ち

7　地震（じしん）に備えていろいろなことをしています。

1　むかえて　　2　そろえて　　3　おさえて　　4　そなえて

8　インフルエンザを予防する。

1　ゆうぼう　　2　ようぼう　　3　ゆぼう　　4　よぼう

9　消しゴムを貸してくれませんか。

1　きして　　2　けして　　3　かして　　4　さして

10　危ないですから、黄色（きいろ）い線の内側に下がってお待ちください。

1　うちがわ　　2　ないがわ　　3　そとがわ　　4　うしがわ

問題２　＿＿＿のことばを漢字でかくとき、最もよいものを、１・２・３・４から一つえらびなさい。

11　友達(だち)を助けるのはあたりまえのことです。

1　光たり前　　2　当たり前　　3　満たり前　　4　面たり前

12　富士山(ふじさん)のかたちは美しい。

1　形　　2　骨　　3　様　　4　煙

13　ただ今、じゅんびちゅうです。

1　予約中　　2　営業中　　3　閉店中　　4　準備中

14　さいふをひろったので、けいさつにとどけます。

1　交番　　2　消防　　3　警察　　4　観光

問題３　（　　）に入れるのに最もよいものを、１・２・３・４から一つえらびなさい。

15　（　　　）駅では禁煙となっております。

1　本　　2　今　　3　御　　4　当

16　この電車は（　　　）席、指定です。

1　満　　2　空　　3　全　　4　次

17　交差点（　　　）に車を止めてはいけません。

1　向　　2　側　　3　線　　4　内

18　産婦人（　　　）の受付をする。

1　科　　2　化　　3　係　　4　局

19　私はA（　　　）に賛成(さんせい)です。

1　番　　2　券　　3　案　　4　段

20　この町の人口は（　　　）20万人です。

1　各　　2　現　　3　過　　4　約

クイズ② 同じものを入れよう
填入同樣的東西
Let's Put the Same Thing in

２つの□には同じ文字が入ります。選んで書き入れましょう。

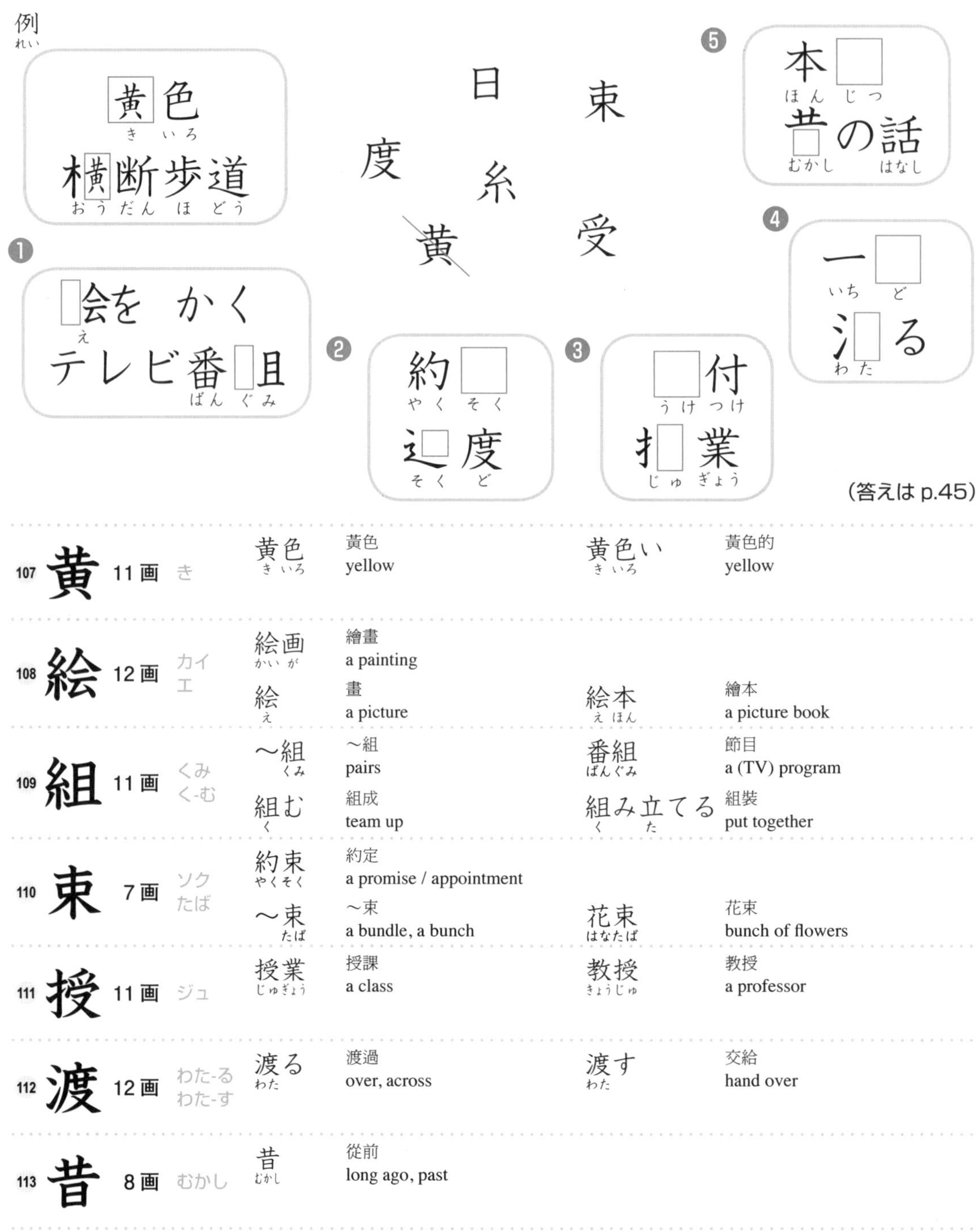

（答えは p.45）

No.	漢字	画数	読み	語	意味	語	意味
107	黄	11画	き	黄色（きいろ）	黄色 yellow	黄色い（きいろ）	黃色的 yellow
108	絵	12画	カイ エ	絵画（かいが）	繪畫 a painting		
				絵（え）	畫 a picture	絵本（えほん）	繪本 a picture book
109	組	11画	くみ く-む	～組（くみ）	～組 pairs	番組（ばんぐみ）	節目 a (TV) program
				組む（く）	組成 team up	組み立てる（く た）	組裝 put together
110	束	7画	ソク たば	約束（やくそく）	約定 a promise / appointment		
				～束（たば）	～束 a bundle, a bunch	花束（はなたば）	花束 bunch of flowers
111	授	11画	ジュ	授業（じゅぎょう）	授課 a class	教授（きょうじゅ）	教授 a professor
112	渡	12画	わた-る わた-す	渡る（わた）	渡過 over, across	渡す（わた）	交給 hand over
113	昔	8画	むかし	昔（むかし）	從前 long ago, past		

39ページの答え：　Ⅰ－①a　②a　③a　④b　⑤b　⑥b　⑦a　⑧a
Ⅱ－⑨１　⑩３　⑪１　⑫２　　Ⅲ－⑬４　⑭４　⑮２　⑯３

つかう

使用

Use

1日目　要冷蔵（ようれいぞう）

需要冷藏
Keep Refrigerated

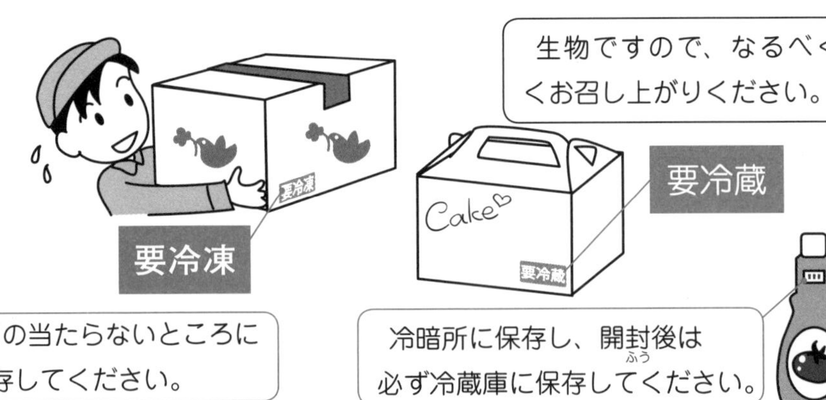

No.	漢字	画数	読み	語彙	意味	語彙	意味
114	要	9画	ヨウ い-る	必要（ひつよう）(な) 要（い）る	必要 necessary 需要 need	重要（じゅうよう）(な)	重要的 important
115	冷	7画	レイ つめ-たい ひ-やす ひ-える さ-める さ-ます	冷房（れいぼう） 冷（ひ）やす 冷（さ）める	冷氣 air-conditioning 弄涼 cool 變冷、變冷淡 cool down	冷（つめ）たい 冷（ひ）える 冷（さ）ます	冷的 cold 變冷 become cold 弄涼 cool something
116	蔵	15画	ゾウ	冷蔵庫（れいぞうこ）	冰箱 a refrigerator		
117	凍	10画	トウ こお-る	冷凍庫（れいとうこ） 凍（こお）る	冷凍庫 a freezer 凝固 freeze		
118	庫	10画	コ	金庫（きんこ）	金庫 a safe	車庫（しゃこ）	車庫 a garage
119	召	5画	め-す	召（め）し上（あ）がる	吃、喝（尊敬語） eat (polite form)		
120	保	9画	ホ	保存（ほぞん）する	保存 preserve		
121	存	6画	ゾン	ご存（ぞん）じです 存（ぞん）じません	知道（謙讓語） know (humble form) 不知道 I do not know		
122	必	5画	ヒツ かなら-ず	必要（ひつよう）(な) 必（かなら）ず	必要的 necessary 一定 always / certainly	必死（ひっし）(に)	拚命地 desperate(ly)

れんしゅう

Ⅰ　正しいほうに○をつけなさい。

① 要冷蔵：冷蔵する必要が（a. ある　b. ない）

② お召し上がりください：（a. 食べてください　b. 入ってください）

③ ご存じですか：（a. 持っていますか　b. 知っていますか）

④ 冷凍食品：（a. ひえた　b. こおった）食品

⑤ 車庫：車を（a. しまうところ　b. 点検(てんけん)するところ）

⑥「必ず買ってきて」と言われたら（a. 一番最初に　b. 忘れずに）買ってこなければならない。

⑦ 熱(あつ)いですから、少し（a. 冷めて　b. 冷まして）お飲みください。

⑧（a. 必死に　b. 重要に）がんばったら合格(ごうかく)した。

Ⅱ　正しい読みに○をつけなさい。

	1	2	3	4
⑨ 保存	1　ほじょん	2　ほぞん	3　ほうぞん	4　ほうじょん
⑩ 冷える	1　ふえる	2　さえる	3　ひえる	4　れえる
⑪ 必ず	1　ならかず	2　からなず	3　なからず	4　かならず
⑫ 凍る	1　とうる	2　こうる	3　こおる	4　こごる

Ⅲ　正しい漢字に○をつけなさい。

	1	2	3	4
⑬ つめたい	1　凍たい	2　召たい	3　冷たい	4　蔵たい
⑭ いらない	1　不らない	2　知らない	3　要らない	4　重らない
⑮ きんこ	1　銀行	2　銀庫	3　金行	4　金庫
⑯ ぞんじません	1　存じません	2　在じません	3　信じません	4　蔵じません

（答えは p.47）

42 ページの答え：　❶糸　❷束　❸受　❹度　❺日

2日目　消費期限（しょうひきげん）

有効日期
Expiration Date / EXP

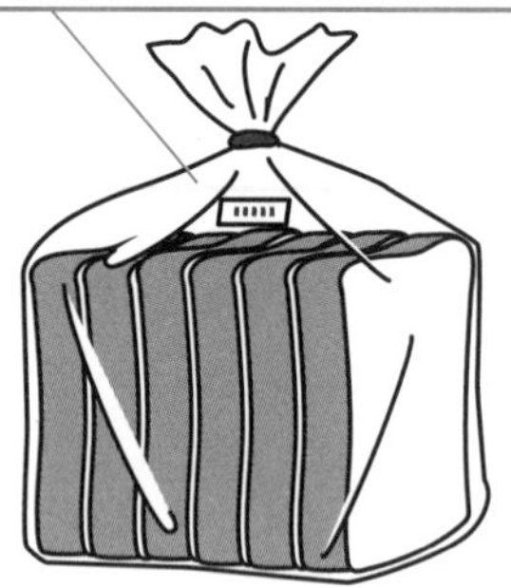

	漢字	画数	読み	語	意味	語	意味
123	費	12画	ヒ	費用（ひよう）	費用 an expense, cost	消費者（しょうひしゃ）	消費者 consumers
				旅費（りょひ）	旅費 travelling expenses	会費（かいひ）	會費 a membership fee
124	期	12画	キ	期間（きかん）	期間 a period of time	定期券（ていきけん）	月票 a commuter pass
				長期（ちょうき）	長期 a long period	↔短期（たんき）	短期 a short period
125	限	19画	ゲン かぎ-る	期限（きげん）	期限 a time limit	限度（げんど）	限度 a limit
				限る（かぎる）	限於 limit, restrict	限定（げんてい）	限定 limitation
126	製	14画	セイ	○○製（せい）	○○製造 made in / of ○○	製品（せいひん）	製品 a product
127	造	10画	ゾウ つく-る	製造（せいぞう）	製造 manufacture		
				造る（つくる）	製造、製作 make		
128	賞	15画	ショウ	賞（しょう）	獎 a prize	賞味期限（しょうみきげん）	保存期限 Best before
				賞金（しょうきん）	獎金 prize money	賞品（しょうひん）	獎品 a prize
129	法	8画	ホウ	方法（ほうほう）	方法 a method / way	文法（ぶんぽう）	文法 grammar
130	温	12画	オン あたた-かい	温度（おんど）	溫度 temperature	気温（きおん）	氣溫 temperature
				温かい（あたたかい）	暖和的 warm	常温（じょうおん）	常溫 normal temperature

れんしゅう

I　正しいほうに○をつけなさい。

① 製造年月日：この日に（a. うられた　b. つくられた）

② 消費期限：この日まで（a. 保存してもいい　b. 保存してはいけない）

③ 賞味期限：この日まで（a. 食べてはいけない　b. おいしく食べられる）

④ 常温で保存：冷蔵庫に（a. 入れなくていい　b. 入れなければいけない）

⑤ 期間限定：その期間（a. 以外　b. だけ）

⑥ 同窓会の（a. 食費　b. 会費）を集める。

⑦ 優勝の（a. 賞品　b. 商品）は10万円の旅行券です。

⑧ 毎日会社や学校へ通う人は（a. 乗車券　b. 定期券）が便利(べんり)で得(とく)です。

II　正しい読みに○をつけなさい。

⑨ 温かい	1　やらわかい	2　あかたかい	3　やわらかい	4　あたたかい
⑩ 限る	1　かにる	2　かぎる	3　かみる	4　かげる
⑪ 造る	1　つくる	2　こくる	3　めくる	4　ちくる
⑫ 消費者	1　そうひしゃ	2　しょうひしゃ	3　ちょうひしゃ	4　しゅうひしゃ

III　正しい漢字に○をつけなさい。

⑬ おんど	1　温席	2　温度	3　温渡	4　温庫
⑭ せいひん	1　表品	2　製品	3　裏品	4　袋品
⑮ ほうほう	1　万去	2　万法	3　方去	4　方法
⑯ ちょうき	1　長期	2　中期	3　短期	4　満期

（答えは p.49）

45ページの答え：　I－①a　②a　③b　④b　⑤a　⑥b　⑦b　⑧a
II－⑨2　⑩3　⑪4　⑫3　　III－⑬3　⑭3　⑮4　⑯1

3日目　自動販売機（じどうはんばいき）

自動販賣機
Vending Machines

No.	漢字	画数	読み	語	意味	語	意味
131	販	11画	ハン	販売（はんばい）	販賣 sell	自動販売機（じどうはんばいき）	自動販賣機 a vending machine
132	機	16画	キ	飛行機（ひこうき）	飛機 an airplane	機械（きかい）	機器 a machine
				機会（きかい）	機會 an opportunity		
133	増	14画	ゾウ ふ-える ふ-やす	増加（ぞうか）	增加 an increase ☞ 334 加		
				増える（ふ）	增加 increase	増やす（ふ）	使……增多 increase, add
134	減	12画	ゲン へ-る へ-らす	減少（げんしょう）	減少 a decrease		
				減る（へ）	減少 decrease, reduce	減らす（へ）	使……減少 decrease
135	量	12画	リョウ	量（りょう）	量 quantity	数量（すうりょう）	數量 amount ☞ 153 数
				増量（ぞうりょう）	增量 increase the amount	↔減量（げんりょう）	減量 a loss in quantity (weight)
136	氷	5画	こおり	氷（こおり）	冰 ice		
137	返	7画	ヘン かえ-す	返事（へんじ）	回答 a reply	返却（へんきゃく）	歸還 return
				返す（かえ）	歸還 return (something)		
138	湯	12画	ゆ	(お)湯（ゆ）	熱水 hot water		

れんしゅう

I　正しいほうに○をつけなさい。＊カタカナ語の訳は下にあります。

① 販売：（a. 売ること　b. 買うこと）

② 機会：（a. マシン　b. チャンス）

③ 返事：（a. よぶこと　b. こたえること）

④ 自動：（a. オートマチック＊　b. アスレチック＊）

⑤ 飛行：（a. 旅行すること　b. 空をとぶこと）

⑥ 人口が（a. 減量する　b. 減少する）。

⑦ おつりをもらうときは、（a. 返却ボタン　b. 確認ボタン）を押す。

⑧ 甘(あま)くしたいので砂糖(さとう)を（a. 増量する　b. 増加する）。

Ⅱ　正しい読みに○をつけなさい。

	1	2	3	4
⑨ 冷水	おひや	りょうすい	れいすい	おみず
⑩ 増える	ほえる	ふえる	はえる	ひえる
⑪ 減る	はる	ふる	ひる	へる
⑫ 返す	かいす	かえす	かれす	はずす

Ⅲ　正しい漢字に○をつけなさい。

	1	2	3	4
⑬ こおり	水	永	氷	凍
⑭ ゆ	湯	場	揚	楊
⑮ きかい	自動	販売	機合	機械
⑯ りょう	重	量	黒	里

（答えは p.51）

カタカナも おぼえる？

オートマチック　自動的　automatic
アスレチック　體育的　athletic

47ページの答え：　Ⅰ－①b　②a　③b　④a　⑤b　⑥b　⑦a　⑧b
Ⅱ－⑨4　⑩2　⑪1　⑫2　　Ⅲ－⑬2　⑭2　⑮4　⑯1

4日目　レシピ

食譜
Recipes

材料（4枚分）

卵	**1個**
牛乳	**150cc**
○△ホットケーキの粉	**1袋**

①卵と牛乳を混ぜてから、粉を混ぜます。
②温めて一度冷ましたフライパンに①を入れて弱火で焼きます。
③表面に小さいあなが空いたら裏返します。

No.	漢字	画数	読み	語彙	中文 / English	語彙	中文 / English
139	材	7画	ザイ	材料（ざいりょう）	材料 ingredients, materials	教材（きょうざい）	教材 teaching material
140	卵	7画	たまご	卵（たまご）	雞蛋 an egg	卵焼き（たまごや）	日式煎蛋 a Japanese omlet
141	乳	8画	ニュウ	牛乳（ぎゅうにゅう）	牛奶 milk		
142	粉	10画	こな こ	粉（こな）	粉末 powder, flour		
				小麦粉（こむぎこ）	麵粉 wheat flour		
143	袋	11画	ふくろ	袋（ふくろ）	袋子 a bag	紙袋（かみぶくろ）	紙袋 a paper bag
				ごみ袋（ぶくろ）	垃圾袋 a garbage bag	手袋（てぶくろ）	手套 gloves
				⊖足袋（たび）	（搭配和服用）二趾襪 tabi (traditional Japanese socks worn with a kimono)		
144	混	11画	コン ま-ぜる	混雑（こんざつ）	混雜 congestion		
				混ぜる（ま）	夾雜、混合 be mixed		
145	焼	12画	や-く や-ける	焼く（や）	燒烤 roast, grill	焼ける（や）	燃燒 be burnt / baked
146	表	8画	ヒョウ おもて あらわ-す	表（ひょう）	表格 a table (in written documents)	表面（ひょうめん）	表面 a surface
				発表（はっぴょう）	發表 an announcement	代表（だいひょう）	代表 a representative
				表（おもて）	表面 a surface, face	表す（あらわ）	表示 show, express
147	裏	13画	うら	裏（うら）	背面 reverse, back	裏返す（うらがえ）	翻過來 turnover

れんしゅう

Ⅰ　正しいほうに○をつけなさい。＊カタカナ語の訳は下にあります。

① 混雑：（a. わけがわからない　b. 人などでいっぱいの）ようす

② 発表：（a. みんなに知らせること　b. 出発の時刻を書いたもの）

③ 田中君の席は私の（a. 後ろ　b. 裏）です。

④ データをグラフに（a. 現す　b. 表す）。

⑤ カンガルー*のおなかには（a. 箱　b. 袋）がある。

⑥ オリンピックの（a. 代表　b. 表面）にえらばれる。

⑦ パンを（a. 焼く　b. 焼ける）

⑧ 足袋を（a. かぶる　b. はく）

Ⅱ　正しい読みに○をつけなさい。

	1	2	3	4
⑨ 混ぜる	まぜる	もぜる	なぜる	ねぜる
⑩ 牛乳	にゅうぎゅう	ぎゅうにゅう	にゅうぎょう	ぎょうにょう
⑪ 小麦粉	こむりこ	こめぎこ	きなこ	こむぎこ
⑫ 手袋	おび	たぶくろ	たび	てぶくろ

Ⅲ　正しい漢字に○をつけなさい。

	1	2	3	4
⑬ たまご	叩	卵	貝	卯
⑭ おもて	表	裏	面	点
⑮ さます	空ます	温ます	冷ます	凍ます
⑯ ざいりょう	材科	林料	林科	材料

（答えは p.53）

カタカナもおぼえる？　カンガルー　袋鼠　a kangaroo

49 ページの答え：　Ⅰ－①a　②b　③b　④a　⑤b　⑥b　⑦a　⑧a
Ⅱ－⑨3　⑩2　⑪4　⑫2　　Ⅲ－⑬3　⑭1　⑮4　⑯2

5日目　コピー機・留守番電話

き　る　す　ばん　でん　わ

影印機、電話答錄機
A Copy Machine, An Answering Machine

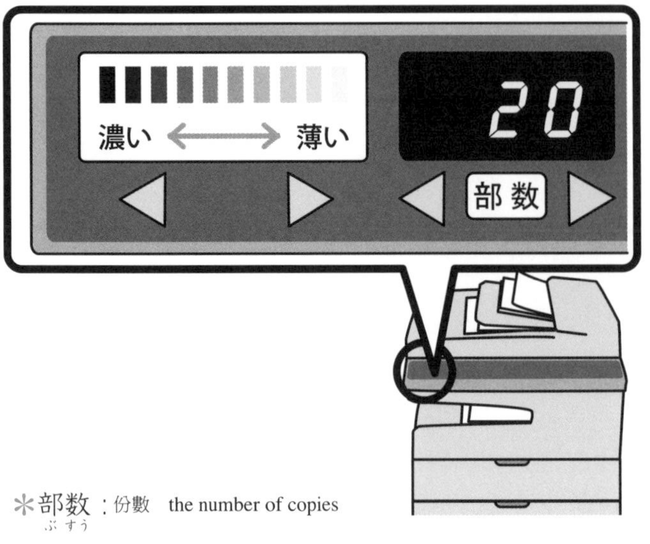

＊部数（ぶすう）：份數　the number of copies

No.	漢字	画数	読み	語彙	意味	語彙	意味
148	留	10画	リュウ / ル / と-める	留学（りゅうがく）	留學 study abroad	留守番（るすばん）	看家 stay at home
				保留（ほりゅう）	保留 reservation / suspension	書留（かきとめ）	掛號郵件 registration (registered mail)
149	守	6画	シュ / ス / まも-る	守備（しゅび）	防守 defence	❗留守（るす）	不在家 absence
				守る（まも）	保護 protect		
150	濃	16画	こ-い	濃い（こ）	濃的 concentrate, dark (color)		
151	薄	16画	うす-い	薄い（うす）	薄的　thin (material), light (color), weak (drink)		
152	部	11画	ブ	部分（ぶぶん）	部分 part	学部（がくぶ）	學院 faculty
				部長（ぶちょう）	經理 department head / manager	❗部屋（へや）	房間 a room
153	数	13画	スウ / かず / かぞ-える	数字（すうじ）	數字 number	数学（すうがく）	數學 mathematics
				数（かず）	數量 a number	数える（かぞ）	數、計算 count
154	件	6画	ケン	件名（けんめい）	分類 subject	事件（じけん）	事件 an incident
				用件（ようけん）	要事 a business / matter		
155	再	6画	サイ / サ	再入国（さいにゅうこく）	再入境 re-enter a country	再ダイヤル（さい）	重撥 redial
				再生（さいせい）	再生 regenerate, recycle	❗再来週（さらいしゅう）	下下週 the week after next

れんしゅう

I　正しいほうに○をつけなさい。

① 留学：（a. 卒業(そつぎょう)できない　b. 外国へ勉強に行く）こと

② 用件：（a. 伝えたい　b. 起こった）こと

③ 件名：電子メールなどの（a. アドレス　b. タイトル）

④ 保留：しばらく（a. 外国に住む　b. そのままにする）こと

⑤ あの選手(せんしゅ)は（a. 予防　b. 守備）がうまい。

⑥ 重要な書類(しょるい)を（a. 書留　b. 快速）で送る。

⑦ 両親が出かけて、私は（a. 留守　b. 留守番）をした。

⑧ 約束や時間を（a. 限る　b. 守る）。

II　正しい読みに○をつけなさい。

⑨ 再来週	1　さんらいしゅう		2　さいらいしゅう	
	3　さっらいしゅう		4　さらいしゅう	
⑩ 留守	1　るしゅ	2　りゅす	3　るす	4　りゅしゅ
⑪ 数える	1　かじょえる	2　かずえる	3　かぞえる	4　かじゅえる
⑫ 部屋	1　ぶや	2　へや	3　はや	4　ひや

III　正しい漢字に○をつけなさい。

⑬ じけん	1　試験	2　事故	3　実験	4　事件
⑭ こい	1　若い	2　農い	3　苦い	4　濃い
⑮ うすい	1　薄い	2　博い	3　速い	4　快い
⑯ ぶぶん	1　倍分	2　部分	3　剖分	4　陪分

（答えは p.55）

51ページの答え：　I－①b　②a　③a　④b　⑤b　⑥a　⑦a　⑧b
II－⑨1　⑩2　⑪4　⑫4　　III－⑬2　⑭1　⑮3　⑯4

6日目　携帯電話（けいたいでんわ）

手機
Cell Phones

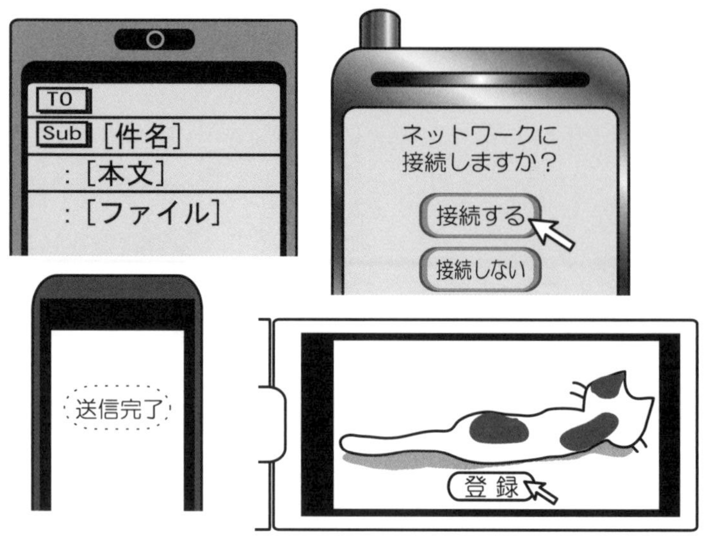

No.	漢字	画数	読み	語	中文	English	語	中文	English
156	接	11画	セツ	接続（せつぞく）	連接	connect	面接（めんせつ）	面試	interview
157	続	13画	ゾク つづ-く つづ-ける	接続（せつぞく）	連接	connect			
				続く（つづく）	繼續	continue	続ける（つづける）	繼續	continue
158	示	5画	ジ しめ-す	表示（ひょうじ）	指示、表示	indication, expression	指示（しじ）	指示	a direction, instruction
				示す（しめす）	表示、出示	show, point out			
159	戻	7画	もど-る もど-す	戻る（もどる）	返回	return	戻す（もどす）	恢復	return, put back
160	完	7画	カン	完了（かんりょう）	結束	completion			
				完全（な）（かんぜん）	完全的	perfect, complete			
161	了	2画	リョウ	了解（りょうかい）	了解	understand, agree	終了（しゅうりょう）	終了	end, expiration
162	登	12画	トウ ト のぼ-る	登録（とうろく）	登記	registration	登山（とざん）	爬山	mountain climbing
				登る（のぼる）	攀登	climb			
163	録	16画	ロク	記録（きろく）	紀錄	a record ☞ 196 記			
				録音（ろくおん）	錄音	record (sound)	録画（ろくが）	錄影	record (video)

れんしゅう

Ⅰ　正しいほうに○をつけなさい。＊カタカナ語の訳は下にあります。

①接続：（a. つなぐこと　b. つづくこと）

②完全：（a. パーフェクト＊　b. セーフティ＊）

③面接：（a. 入院中の人に　b. その人を知るために）会うこと

④仕事の内容（ないよう）をノートに（a. 記録する　b. 登録する）。

⑤医者の（a. 案内　b. 指示）にしたがう。

⑥ラジオ番組を（a. 録音する　b. 録画する）。

⑦「3時に駅に着きます。」「（a. 了解　b. 理解）です。」

⑧本日の営業は（a. 完了　b. 終了）しました。

Ⅱ　正しい読みに○をつけなさい。

⑨登山	1	とうざん	2	とざん	3	とうさん	4	とさん
⑩戻る	1	もどる	2	まどる	3	おとる	4	かえる
⑪接続	1	けいぞく	2	せっそく	3	けいそく	4	せつぞく
⑫完了	1	わんりょう	2	かんりょう	3	げんりょう	4	しゅうりょう

Ⅲ　正しい漢字に○をつけなさい。

⑬しめす	1	指す	2	差す	3	示す	4	消す
⑭のぼる	1	断る	2	折る	3	降る	4	登る
⑮ひょうじ	1	表現	2	指示	3	消費	4	表示
⑯とうろく	1	登録	2	当録	3	登緑	4	当緑

（答えは p.58）

カタカナも おぼえる？

パーフェクト　完美　perfection
セーフティ　安全　safety

53ページの答え：　Ⅰ－①b　②a　③b　④b　⑤b　⑥a　⑦b　⑧b
Ⅱ－⑨4　⑩3　⑪3　⑫2　　Ⅲ－⑬4　⑭4　⑮1　⑯2

7日目　実戦問題

實踐問題
Practice Exercise

制限時間：15分
1問5点×20問
(答えは巻末p.118)

点数
／100

問題1　＿＿＿のことばの読み方として最もよいものを、1・2・3・4から一つえらびなさい。

1　自動販売機で飲み物を買う。

1　はんばい　　2　へんばい　　3　はんまい　　4　へんまい

2　なるべく早くお召し上がりください。

1　おみしあがり　　2　おねしあがり　　3　おめしあがり　　4　おむしあがり

3　日本語の教材をさがす。

1　きょうざい　　2　きゅうざい　　3　きょうぜい　　4　きゅうぜい

4　そこに粉を入れて混ぜます。

1　すな　　2　こめ　　3　むぎ　　4　こな

5　おべんとうに卵焼きが入っている。

1　たなごやき　　2　たまごまき　　3　たなごまき　　4　たまごやき

6　交通ルールを守りましょう。

1　なもりましょう　　2　まもりましょう　　3　もまりましょう　　4　もなりましょう

7　数を数えてください。

1　かぞ　　2　くず　　3　かず　　4　しゅう

8　お湯を入れて、3分待てば、できあがりです。

1　ゆ　　2　よ　　3　や　　4　い

9　録音された伝言を再生する。

1　せいしょう　　2　さいせい　　3　せいせい　　4　さいしょう

10　冷房が強すぎます。

1　れいぼう　　2　れいぞう　　3　れいとう　　4　れいどう

問題2　＿＿＿のことばを漢字でかくとき、最もよいものを、１・２・３・４から一つえらびなさい。

11　図書館に本をかえす。

1　辺す　　2　帰す　　3　替す　　4　返す

12　ボクサー※は試合前にげんりょうする。　※ボクサー　拳撃手　boxer

1　減量　　2　消量　　3　増量　　4　限量

13　使い終わったら、もとの場所にもどしてください。

1　直して　　2　返して　　3　存して　　4　戻して

14　今日はここまで。つづきはまた来週。

1　付き　　2　続き　　3　向き　　4　次き

問題3　（　　）に入れるのに最もよいものを、１・２・３・４から一つえらびなさい。

15　交通（　　　）はいくらですか。

1　金　　2　代　　3　料　　4　費

16　この資料（しりょう）を 30（　　　）コピーしてください。

1　束　　2　部　　3　組　　4　点

17　紙（　　　）にお入れしましょうか。

1　袋　　2　庫　　3　材　　4　製

18　（　　　）冷凍と書いてあります。

1　必　　2　限　　3　要　　4　保

19　（　　　）ダイヤルボタンを押す。

1　濃　　2　再　　3　薄　　4　伝

20　短（　　　）留学をする。

1　機　　2　気　　3　期　　4　式

クイズ③　どれが入(はい)る？

該填入哪個？
Which One Fits?

2つの□には同じ文字が入ります。選(えら)んで書き入れましょう。

例 会[社]・[社]員

❶ 店□・満□

❷ □育・□室

❸ 書□・種□

❹ 教□・医□

❺ □妻・□婦

❻ □馬・□車

❼ □油・□けん

石　員　~~社~~　師　教　夫　乗　類

（答えは p.61）

No.	漢字	画数	読み	語	読み方	中文	English
164	育	8画	イク そだ-つ そだ-てる	教育	きょういく	教育	education
				育てる	そだ	養育	raise, bring up
				育つ	そだ	成長	grow
165	種	14画	シュ たね	種類	しゅるい	種類	type, kind
				種	たね	種子	a seed
166	類	18画	ルイ	書類	しょるい	文書	a document
				分類	ぶんるい	分類	classification
				人類	じんるい	人類	the human race
167	師	10画	シ	教師	きょうし	教師	a teacher
				看護師	かんごし	護士	a nurse
				医師	いし	醫生	a doctor
168	妻	8画	サイ つま	夫妻	ふさい	夫妻	husband and wife ☞ 224 夫
				妻	つま	妻子	wife
169	馬	10画	バ うま	馬	うま	馬	a horse
				乗馬	じょうば	騎馬	horse riding
170	石	5画	セキ いし	石けん	せっ	肥皂	soap
				石	いし	石頭	stone
				石油	せきゆ	石油	oil (petroleum) ☞ 173 油

55ページの答え：　Ⅰ－①a　②a　③b　④a　⑤b　⑥a　⑦a　⑧b
Ⅱ－⑨2　⑩1　⑪4　⑫2　　Ⅲ－⑬3　⑭4　⑮4　⑯1

かう

買

Buy

第4週　かう

1日目　日用品（にちようひん）

日常用品
Daily Necessities

tea bag
緑茶ティーバッグ

tea bag
紅茶ティーバッグ

紅茶・緑茶　各1箱200円

古本文庫本
ワゴンセール
どれでも1冊100円

No.	漢字	画数	読み	語	意味	語	意味
171	砂	9画	サ すな	砂糖（さとう）	砂糖 sugar	砂（すな）	沙子 sand
172	塩	13画	エン しお	食塩（しょくえん） 塩（しお）	食鹽 table salt 鹽 salt		
173	油	8画	ユ あぶら	しょう油（ゆ） 灯油（とうゆ）	醬油 soy sauce 煤油 kerosene	石油（せきゆ） 油（あぶら）	石油 oil (petroleum) 油 oil
174	緑	14画	リョク みどり	緑茶（りょくちゃ） 緑（色）（みどり いろ）	綠茶 green tea 綠色 green		
175	紅	9画	コウ べに	紅茶（こうちゃ） 口紅（くちべに）	紅茶 tea 口紅 lipstick		
176	冊	5画	サツ	～冊（さつ）	～本、～冊 counter for books	冊数（さっすう）	冊數 the number of copies
177	個	10画	コ	～個（こ） 個人（こじん）	～個 counter of general objects 個人 individual (person)	個数（こすう） ↔団体（だんたい）	個數 the number of items 團體 a group
178	枚	8画	マイ	～枚（まい）	～張 counter for flat objects	枚数（まいすう）	張數 the number of sheets/copies

れんしゅう

Ⅰ　正しいほうに○をつけなさい。

① 灯油：（a. 料理　b. ヒーターなど）に使う油

② 個人：（a. ひとりひとりの　b. なくなった）人

③ 口紅：（a. 食品　b. 化粧品）の一つ。

④ 食塩：料理（a. を 入れる　b. に 味をつける）もの

⑤ 海岸で（a. 砂　b. 粉）遊びをする。

⑥ 80円の切手を10（a. 枚　b. 部）ください。

⑦ 1（a. 個　b. 固）200円のりんご。

⑧ 図書館で本を 2（a. 本　b. 冊）借りました。

Ⅱ　正しい読みに○をつけなさい。

⑨ 石油	1　とうゆ	2　しょうゆ	3　せきゆ	4　いしゆ
⑩ 砂糖	1　さとう	2　しゃとう	3　こしょう	4　こむぎ
⑪ 個人	1　ことな	2　こにん	3　こびと	4　こじん
⑫ 緑	1　みのり	2　みどり	3　みろり	4　みだり

Ⅲ　正しい漢字に○をつけなさい。

⑬ こうちゃ	1　赤茶	2　黒茶	3　紅茶	4　黄茶
⑭ あぶら	1　由	2　畑	3　柚	4　油
⑮ しお	1　酢	2　塩	3　酒	4　乳
⑯ ぶすう	1　冊数	2　部数	3　枚数	4　個数

（答えは p.63）

58 ページの答え：　❶員（店員・満員）　❷教（教育・教室）　❸類（書類・種類）　❹師（教師・医師）
❺夫（夫妻・夫婦）　❻乗（乗馬・乗車）　❼石（石油・石けん）

2日目　広告メール

こうこく

廣告郵件
Spam

ご利用ありがとうございます

◆広告◆
ご利用いただきましてありがとうございます。
このメールは○○をご利用のお客様に送信しています。

・5%割引のお知らせ
・ポイント5倍
・値下げ商品

お支払い方法は下記をご覧ください。

No.	漢字	画数	読み	語	意味	語	意味
179	告	7画	コク	広告（こうこく）	廣告 an advertisement		
180	利	7画	リ	便利（べんり）（な）	方便的 convenient	利用（りよう）	利用 use
181	割	12画	わ-る わ-れる	割る（わ）	打破 break	割合（わりあい）	比例 a ratio, a percentage
				割れる（わ）	裂開 crack/cleave	割引（わりびき）	折扣 a discount
182	倍	10画	バイ	～倍（ばい）	～倍 ... times (quantity - e.g. twice as many)		
				倍（ばい）	＝2倍（ばい）		
183	値	10画	ね	値段（ねだん）	價格 a price		
				値上げ（ねあ）	提高價格 a price increase	↔値下げ（ねさ）	降低價格 a price reduction
184	商	11画	ショウ	商品（しょうひん）	商品 goods	商店（しょうてん）	商店 a shop
185	支	4画	シ	支店（してん）	分店 a branch	↔本店（ほんてん）	總店 the main branch of a store
				支社（ししゃ）	分公司 a branch office	↔本社（ほんしゃ）	總公司 the head office
186	払	5画	はら-う	払う（はら）	支付 pay	支払い（しはら）	付款 a payment

れんしゅう

I　正しいほうに○をつけなさい。

① 広告：商品などについての（a. お知らせ　b. お断り）

② 1割引：10%（a. 高くなる　b. 安くなる）こと

③ 窓ガラスが（a. 割る　b. 割れる）。

④ この店の（a. 本店　b. 当店）は東京にある。

⑤ 卵とスープは1：3の（a. 割合　b. 材料）にします。

⑥ 毎度（a. ご利用　b. ご使用）ありがとうございます。

⑦（a. お払い　b. お支払い）方法をおえらびください。

⑧ その町の観光客は前の年の（a. 3割　b. 3倍）に増加（か）した。

II　正しい読みに○をつけなさい。

⑨ 値下げ	1　ねさげ	2　にさげ	3　ぬさげ	4　ちさげ
⑩ 商品	1　しゅうひん	2　せいひん	3　しょうひん	4　そうひん
⑪ 払う	1　あらう	2　わらう	3　はらう	4　ひろう
⑫ 倍	1　べい	2　ばい	3　まい	4　わり

III　正しい漢字に○をつけなさい。

⑬ べんり	1　便別	2　便判	3　便利	4　便刑
⑭ ねだん	1　階段	2　値段	3　直段	4　相段
⑮ ししゃ	1　冬社	2　友社	3　皮社	4　支社
⑯ こうこく	1　広各	2　広告	3　広局	4　広格

（答えは p.65）

61ページの答え：　I－①b　②a　③b　④b　⑤a　⑥a　⑦a　⑧b
II－⑨3　⑩1　⑪4　⑫2　III－⑬3　⑭4　⑮2　⑯2

3日目　通信販売

網路(電視)購物
Mail-Order Sales

米国○○社製
高級スニーカー

税込価格：　5,250円
(消費税：　250円)

日本製
新型ＭＰ３プレーヤー

税込価格：　9,450円
(消費税：　450円)

No.	漢字	画数	読み	語	意味	語	意味
187	米	6画	ベイ こめ	米国 (べいこく)	美國 the United States of America	米 (こめ)	稲米 rice
188	級	9画	キュウ	高級 (こうきゅう)	高級 high class/grade	中級 (ちゅうきゅう)	中級 intermediate level
				上級 (じょうきゅう)	高級、上級 advanced level		
189	残	10画	ザン のこ-る のこ-す	残業 (ざんぎょう)	加班 overtime work	残り (のこ)	剩餘 the remainder
				残る (のこ)	剩餘 remain	残す (のこ)	留下 leave, leave behind
190	型	9画	かた	大型 (おおがた)	大型 large, jumbo	小型 (こがた)	小型 small-sized
				新型 (しんがた)	新型 new-model		
191	税	12画	ゼイ	消費税 (しょうひぜい)	消費稅 consumption tax	税金 (ぜいきん)	稅金 a tax
192	込	5画	こ-む	込む (こ)	擁擠、充滿 congest/crowd	←「混む」と書くときもある。	
				振り込む (ふ こ)	匯款 transfer money to a person's account	税込 (ぜいこみ)	含稅 taxe included
193	価	8画	カ	価格 (かかく)	價格 a price	定価 (ていか)	定價 a fixed price
194	格	10画	カク	合格 (ごうかく)	合格 pass an exam	❗格安 (かくやす)	特價 a bargain

れんしゅう

Ⅰ　正しいほうに○をつけなさい。

① 米国：（a. イギリス　b. アメリカ）

② 税込：税金が（a. ふくまれている　b. ふくまれていない）

③ 合格：試験に（a. 受かる　b. 受ける）

④ 残業：終わりの時間が過ぎても（a. 授業　b. 仕事）をすること

⑤ 道が（a. 組んでいる　b. 込んでいる）

⑥ 定価（a. 現金　b. 1万円）の商品が５千円でお求(もと)めになれます。

⑦ 銀行からお金を（a. 飛び出す　b. 振(ふ)り込む）

⑧ 日本語のクラスは初(しょ)級、中級、（a. 上級　b. 高級）に分かれています。

Ⅱ　正しい読みに○をつけなさい。

	1	2	3	4
⑨ 米	まめ	むぎ	こめ	めし
⑩ 税金	ざいきん	ちょきん	しゃっきん	ぜいきん
⑪ 小型	こけい	こがた	しょうけい	おがた
⑫ 残業	さんぎょう	せんぎょう	ざんぎょう	じゅんぎょう

Ⅲ　正しい漢字に○をつけなさい。

	1	2	3	4
⑬ かくやす	各安	格安	客安	額安
⑭ のこる	戻る	登る	凍る	残る
⑮ ていか	定価	停過	定値	走過
⑯ しょうひぜい	生費税	食費税	消費税	商費税

（答えはp.67）

63ページの答え：　Ⅰ－①a　②b　③b　④a　⑤a　⑥a　⑦b　⑧b
Ⅱ－⑨1　⑩3　⑪3　⑫2　　Ⅲ－⑬3　⑭2　⑮4　⑯2

4日目　申込書（もうしこみしょ）

申請書
Application Forms

申込書

（記入例）

フリガナ		タナカ	シンイチ
名前		姓（せい）　田中	名　信一
年齢		23 歳	
性別		(男)・女	
連絡先	住所	東京都〇〇区〇〇 1-2-3	
	電話番号	03-XXXX-XXXX	

No.	漢字	画数	読み	語	意味	語	意味
195	申	5画	シン もう-す	申し込む（もうしこ）	申請 apply	申込書（もうしこみしょ）	申請書 an application form
				申告（しんこく）	申報 a declaration	申請（しんせい）	申請 application
				申す（もう）	說、叫作（謙讓語） say (humble form)	申し上げる（もうあ）	說（謙讓語） say (very humble form)
196	記	10画	キ	記入（きにゅう）	填入 entry	日記（にっき）	日記 a diary / journal
				記号（きごう）	記號 a sign, a symbol	記事（きじ）	報導 an article
197	例	8画	レイ たと-える	例（れい）	例子 an example	例えば（たと）	例如 for example
198	齢	17画	レイ	年齢（ねんれい）	年齡 age	高齢（こうれい）	高齡 old age
199	歳	13画	サイ	～歳（さい）	～歲 ... years old	二十歳（にじゅっさい） ⑥二十歳（はたち）	二十歲 20 years old
200	性	8画	セイ	性別（せいべつ）	性別 sex/gender	性格（せいかく）	性格 personality
				女性（じょせい）	女性 woman	男性（だんせい）	男性 man
201	連	10画	レン つ-れる	連休（れんきゅう）	連續假期 a holiday		
				連れて行く（つい）	帶去 take someone to ...	連れて来る（つく）	帶來 bring someone to ~
202	絡	12画	ラク	連絡（れんらく）	聯絡 contact/connection		

れんしゅう

I　正しいほうに○をつけなさい。

① 連休：（a. 休日が続いている　b. 電車が止まっている）こと

② 記入：（a. 袋に入れる　b. 書き入れる）こと

③ 祖父(そふ)は（a. 高齢　b. 多齢）のため、一人で外出できません。

④ 税金を（a. 申告　b. 申込）する。

⑤ 犬を散歩(さんぽ)に（a. 連れて行く　b. 持って行く）。

⑥ 彼女(かのじょ)はあまり仕事はできないが、（a. 性別　b. 性格）がいい。

⑦ 新聞（a. 記事　b. 記号）を読む。

⑧ よろしくお願い（a. 申し上げます　b. 召し上がります）。

II　正しい読みに○をつけなさい。

⑨ 例えば　1　たたえば　2　とたえば　3　たとえば　4　こたえば

⑩ 申込書　1　しんこくしょ　2　もうしこみしょ　3　めしこみしょ　4　しんせいしょ

⑪ 年齢　1　れんれい　2　れんねい　3　ねんらい　4　ねんれい

⑫ 二十歳　1　はたち　2　はつか　3　はだち　4　ふつか

III　正しい漢字に○をつけなさい。

⑬ れんらく　1　連格　2　運格　3　連絡　4　運絡

⑭ きごう　1　信号　2　番号　3　記号　4　暗号

⑮ にっき　1　日記　2　日時　3　日付　4　日気

⑯ だんせい　1　個性　2　女性　3　中性　4　男性

（答えは p.69）

65ページの答え：　I－①b　②a　③a　④b　⑤b　⑥b　⑦b　⑧a
II－⑨3　⑩4　⑪2　⑫3　　III－⑬2　⑭4　⑮1　⑯3

第四週

第4週　かう

5日目　注文（ちゅうもん）　訂貨 Ordering

❖ お届け方法：◎宅配便　◎メール便

❖ 希望お届け時間：◎午前中　◎ 13 時～ 17 時　◎ 17 時～ 20 時
（受付後、12 時間以内に出荷します。）

❖ お支払い方法の指定：◎振込　◎代金引換　◎コンビニ支払　◎クレジットカード

明細（めいさい）

商品		数量	金額
○○	¥2,000	1	2,000
△△	¥500	2	1,000
配送料【無料】			0
合計			3,000

203 **届**　8 画　とど-ける　とど-く
- 届ける（とど）　送到　deliver
- 届く（とど）　送到　arrive (mail)

204 **宅**　6 画　タク
- 自宅（じたく）　自己的家　one's house / home
- お宅（たく）　府上　house/home (respectful form)
- 宅配（たくはい）　送貨到府　deliver to someone's house

205 **配**　10 画　ハイ　くば-る
- 配達（はいたつ）　配送　delivery
- 配送料（はいそうりょう）　運費　a shipping charge
- 心配（しんぱい）　擔心　anxiety/worry
- 配る（くば）　分配　distribute

206 **希**　7 画　キ
- 希望（きぼう）　希望　hope

207 **望**　11 画　ボウ　のぞ-む
- 失望（しつぼう）　失望　despair　☞ 229 失
- 望む（のぞ）　希望　want, hope for

208 **荷**　10 画　カ　に
- 入荷（にゅうか）　進貨　receipt (of goods)
- ↔出荷（しゅっか）　上市　shipment
- 荷物（にもつ）　行李　luggage
- 手荷物（てにもつ）　隨身行李　hand luggage

209 **換**　12 画　カン　か-える
- 交換（こうかん）　交換　exchange
- 代金引換（だいきんひきかえ）＝代引き（だいび）　貨到付款　cash on delivery
- 乗り換え（のりかえ）　轉乘　changing trains

210 **額**　18 画　ガク
- 金額（きんがく）　金額　an amount/sum (of money)
- 半額（はんがく）　半價　half price

れんしゅう

Ⅰ　正しいほうに○をつけなさい。

① 半額：（a. 5割合　b. 5割引）

② 失望：（a. がっかり　b. びっくり）すること

③ 代引き：（a. 代金が値引きされる　b. 品物と代金を交換する）こと

④ 金額：（a. 値段　b. 合計）

⑤ 空港では（a. 小包（こづつみ）　b. 手荷物）検査（けんさ）がある。

⑥ サイズを（a. 両替　b. 交換）してください。

⑦ 商品が（a. 届く　b. 届ける）

⑧ 地下鉄に（a. 着替える　b. 乗り換える）

Ⅱ　正しい読みに○をつけなさい。

⑨ 配る	1　こばる	2　かばる	3　くばる	4　きばる
⑩ 荷物	1　にぶつ	2　かもつ	3　にもの	4　にもつ
⑪ 望む	1　のぞむ	2　なごむ	3　ながむ	4　のどむ
⑫ 配達	1　そくたち	2　そくたつ	3　はいたち	4　はいたつ

Ⅲ　正しい漢字に○をつけなさい。

⑬ きぼう	1　予防	2　希望	3　記号	4　飛行
⑭ しんぱい	1　真配	2　心配	3　信配	4　気配
⑮ じたく	1　御宅	2　私宅	3　自宅	4　小宅
⑯ こうかん	1　交換	2　引換	3　取換	4　変換

（答えは p.71）

67ページの答え：　Ⅰ－①a　②b　③a　④a　⑤a　⑥b　⑦a　⑧a
Ⅱ－⑨3　⑩2　⑪4　⑫1　　Ⅲ－⑬3　⑭3　⑮1　⑯4

6日目 不在通知(ふざいつうち)

郵件招領通知單
Missed-Delivery Notice

不在通知

受取人様
田中信一 様

3月 4日 12 時ごろ みどり社 様
からのお荷物をお届けに参りましたが、
お留守でしたので持ち帰りました。

お預かりしているお荷物の種類
☐食品 ☑衣類 ☐書類

再配達をご希望の方はご希望の日と時間をご記入の上、このハガキをポストに入れてください。

___月___日 配達希望
午前 午後 17時～

受取人様の電話番号
（自宅・勤め先・携帯(けいたい)）

No.	漢字	画数	読み	語彙	中文 / English	語彙	中文 / English
211	在	6画	ザイ	不在(ふざい)	不在家 absence	現在(げんざい)	現在 present (time)
212	取	8画	と-る	取(と)る	得到 take		
				受(う)け取(と)る	領取 receive, take	受取人(うけとりにん)	領取人 a recipient
213	預	13画	ヨ あず-ける	預金(よきん)	存款 a money deposit		
				預(あず)ける	寄存 entrust		
214	衣	6画	イ	衣類(いるい)	衣服的總稱 clothing	衣服(いふく)	衣服 clothes
215	参	8画	サン まい-る	参加(さんか)	參加 participate ☞334 加	参考書(さんこうしょ)	參考書 a reference book
				参(まい)る	去、來（謙讓語） go / come (humble form)		
216	達	12画	タツ	上達(じょうたつ)	進步 make progress	速達(そくたつ)	快遞 a special delivery
				㊀友達(ともだち)	朋友 a friend		
217	勤	12画	キン つと-める	通勤(つうきん)	通勤 commuting to work		
				勤(つと)める	工作 work / be employed		
218	帯	10画	タイ おび	携帯（電話）(けいたい（でんわ）)	手機 a cell phone / mobile phone	時間帯(じかんたい)	時間帶 a time zone, a time slot
				帯(おび)	（和服的）腰帶 a belt/sash		

れんしゅう

I　正しいほうに○をつけなさい。

① 不在：（a. ない　b. いない）

② 通勤：仕事をする場所（a. に通う　b. を通る）こと

③ 携帯電話：（a. 持ち運び　b. 折りたたみ）できる電話

④ 衣類：（a. 着るもの　b. 書いたもの）

⑤ この時間（a. 期　b. 帯）の電車は込みます。

⑥ 会社に（a. 働く　b. 勤める）。

⑦ 日本語が（a. 上手　b. 上達）した。

⑧ 電車が（a. 参ります　b. 届きます）。

II　正しい読みに○をつけなさい。

⑨ 預金	1　ちゃきん	2　ちょきん	3　よきん	4　ゆきん
⑩ 現在	1　ぜんざい	2　けんざい	3　せんざい	4　げんざい
⑪ 参加	1　さんこう	2　せんか	3　さんが	4　さんか
⑫ 預ける	1　さずける	2　あずける	3　たすける	4　あつける

III　正しい漢字に○をつけなさい。

⑬ ともだち	1　友達	2　友逹	3　友違	4　友過
⑭ まいる	1　配る	2　取る	3　参る	4　座る
⑮ おび	1　衣	2　帯	3　服	4　袋
⑯ とる	1　通る	2　最る	3　割る	4　取る

（答えは p.74）

69ページの答え：　I－①b　②a　③b　④a　⑤b　⑥b　⑦a　⑧b
II－⑨3　⑩4　⑪1　⑫4　　III－⑬2　⑭2　⑮3　⑯1

7日目　実戦問題

實踐問題 Practice Exercise

制限時間：15分
1問5点 ×20問
(答えは巻末 p.118)

点数 ／100

問題1　＿＿＿のことばの読み方として最もよいものを、1・2・3・4から一つえらびなさい。

1　合格の知らせによろこんだ。

1　ごかく　　2　あいきゃく　　3　ごうかく　　4　こうかく

2　代金は銀行から振り込みます。

1　はりこみ　　2　おりこみ　　3　ふりこみ　　4　ほりこみ

3　田中と申します。

1　もよおします　　2　もおします　　3　まうします　　4　もうします

4　中級レベルの日本語の本をさがしています。

1　ちゅうきゅう　　2　ちょうきゅう　　3　じょうきゅう　　4　しょうきゅう

5　米国に留学する。

1　まいこく　　2　めいこく　　3　べいこく　　4　みいこく

6　携帯(けいたい)電話は便利です。

1　びんり　　2　べんり　　3　ばんり　　4　べんに

7　品物が入荷したら、お知らせします。

1　にゅうこう　　2　にゅうに　　3　にゅうこ　　4　にゅうか

8　白い砂の上を歩きました。

1　しお　　2　いし　　3　たね　　4　すな

9　紅茶にミルクを入れて飲む。

1　こうさ　　2　ほんちゃ　　3　こうちゃ　　4　きっさ

10　支社に書類を郵送する。

1　ししゃ　　2　ちしゃ　　3　じしゃ　　4　ぎしゃ

問題2　＿＿＿のことばを漢字でかくとき、最もよいものを、１・２・３・４から一つえらびなさい。

11　バスの料金をはらう。

1　去う　　2　私う　　3　仏う　　4　払う

12　たくはいで送る。

1　配達　　2　宅配　　3　心配　　4　速達

13　子どもを両親にあずける。

1　届ける　　2　受ける　　3　預ける　　4　続ける

14　このへんはみどりが少ない。

1　縁　　2　録　　3　緑　　4　線

問題3　（　　）に入れるのに最もよいものを、１・２・３・４から一つえらびなさい。

15　（　　）休は旅行に行く予定だ。

1　連　　2　次　　3　来　　4　残

16　広（　　）でセールを知る。

1　告　　2　例　　3　記　　4　込

17　定（　　）の半額以下で買った。

1　割　　2　値　　3　価　　4　達

18　消費（　　）は何パーセントですか。

1　税　　2　性　　3　歳　　4　額

19　ＣＤを何（　　）持っていますか。

1　冊　　2　枚　　3　本　　4　部

20　大（　　）トラックが事故を起こした。

1　形　　2　倍　　3　型　　4　級

クイズ④　読み(よ)はどちら？

正確讀法是哪個？
Which is the Correct Reading?

❶	こまかい？	細い糸	ほそい？
❷	まい？	日米	べい？
❸	ふね？	船便	ふな？
❹	かく？	四角	かど？
❺	ふ？	夫婦	ふう？
❻	こ？	びわ湖	みずうみ？
❼	ゆう？	左右	う？
❽	あま？	雨戸	あめ？
❾	にがい？	苦い	くるしい？
❿	なか？	半ば	はん？

（答えは p.77）

No.	漢字	画数	読み	語	意味	語	意味
219	細	11画	ほそ-い こま-かい	細い（ほそ） 細かい（こま）	細的 fine/thin 零碎的 fine/small		
220	戸	4画	と	戸（と） 戸だな（と）	門 a door 櫥櫃 a closet, a cupboard	雨戸（あまど）	防雨板 a sliding storm door
221	湖	12画	コ みずうみ	びわ湖（こ） 湖（みずうみ）	琵琶湖 Lake Biwa 湖 a lake		
222	船	11画	セン ふね ふな	風船（ふうせん） 船（ふね）	氣球 a balloon 船 a boat, ship	船長（せんちょう） ❗船便（ふなびん）	船長 a captain 海運 surface/sea mail
223	角	7画	カク かど	角度（かくど） 四角い（しかく）	角度 an angle 四方的 square	三角形（さんかくけい） 角（かど）	三角形 a triangle 角 a corner
224	夫	4画	フ フウ おっと	夫妻（ふさい） 夫婦（ふうふ）	夫妻 husband and wife 夫婦 a married couple	夫（おっと）	丈夫 a husband
225	苦	8画	ク くる-しい にが-い	苦労（くろう） 苦い（にが）	☞ 333 労 苦的 bitter	苦しい（くる） 苦手(な)（にがて）	痛苦的 distressful, trying 不擅長的 a weak point

71ページの答え：　Ⅰ－①b　②a　③a　④a　⑤b　⑥b　⑦b　⑧a
Ⅱ－⑨3　⑩4　⑪4　⑫2　　Ⅲ－⑬1　⑭3　⑮2　⑯4

かく

寫

Write

1日目　メールを送る（おく）

發送郵件
Sending E-mail (texting)

No.	漢字	画数	読み	語	意味	語	意味
226	礼	5画	レイ	お礼（れい）	謝禮、禮物 thanks		
227	伺	7画	うかが-う	伺う（うかが）	拜訪、打聽、詢問（謙讓語） visit, ask (humble form)		
228	遅	12画	チ おそ-い おく-れる	遅刻（ちこく）	遲到 tardiness		
				遅い（おそ）	慢的 slow	遅れる（おく）	遲到 be late
229	失	5画	シツ	失礼（しつれい）(な)	失禮的 rudeness	失礼する（しつれい）	失禮 be excused
				失敗（しっぱい）	失敗 failure, mistake		
230	汗	6画	あせ	汗（あせ）	汗 perspiration, sweat	汗をかく（あせ）	出汗 sweat
231	念	8画	ネン	残念（ざんねん）(な)	遺憾的 regret, disappointment	記念（きねん）	紀念 commemoration
232	涙	10画	なみだ	涙（なみだ）	淚 tear(s)		
				涙を流す（なみだ・なが）	流淚 weep	☞ 301 流	
233	笑	10画	わら-う え-む	笑う（わら）	笑 laugh / smile	笑い（わら）	笑 laughter
				笑顔（えがお）	笑臉 smile / smiling face		

れんしゅう

Ⅰ　正しいほうに○をつけなさい。

① 遅刻：（a. 間(ま)に合う　b. 間(ま)に合わない）

② お礼：（a. ありがとう　b. ごめんなさい）という気持ち

③ 失敗：（a. うまくいく　b. うまくいかない）こと

④「ちょっと、お伺いしますが、駅はどちらでしょう」：（a. 聞きたい　b. 会いたい）

⑤（a. 涙　b. 汗）を かく。

⑥ 卒業式(そつぎょうしき)で（a. 記念　b. 記号）写真をとる。

⑦ お先に（a. 失礼です　b. 失礼します）。

⑧ 出席できなくて（a. 失望　b. 残念）です。

第五週

Ⅱ　正しい読みに○をつけなさい。

⑨ 笑顔	1　ねがお	2　いがお	3　えがお	4　ほほえみ
⑩ 伺う	1　いたがう	2　うかがう	3　いかがう	4　うたがう
⑪ 残念	1　ざんねん	2　だんねん	3　ざんれん	4　だんれん
⑫ 遅れる	1　ちそれる	2　おそれる	3　ちくれる	4　おくれる

Ⅲ　正しい漢字に○をつけなさい。

⑬ わらう	1　習う	2　洗う	3　払う	4　笑う
⑭ おそい	1　伺い	2　笑い	3　遅い	4　失い
⑮ なみだ	1　混	2　汗	3　涙	4　湯
⑯ ちこく	1　遅刻	2　時刻	3　予告	4　広告

（答えは p.79）

74 ページの答え：　❶ほそい　❷べい　❸ふな　❹かく　❺ふう　❻こ　❼ゆう　❽あま　❾にがい　❿なか

2日目　アンケート

問卷調查
A Questionnaire

アンケート調査

合っていると思うものに、○をつけてください。

Q.　この問題集を、どこで知りましたか。

広告で　学校で　(書店で)　その他（　　　）

Q.　この問題集は難しいですか。

難しい　(普通)　簡単だ

この問題集に関する感想を自由に書いてください。

移動中の電車の中などで使っていますが、携帯するのに便利な大きさです。

No.	漢字	画数	読み	語彙	意味	語彙	意味
234	調	15画	チョウ しら-べる	調子（ちょうし）	狀況 condition	強調（きょうちょう）	強調 emphasis, stress
				調べる（しら）	調查 look up something, investigate		
235	査	9画	サ	調査（ちょうさ）	調查 an investigation/inquiry		
236	移	11画	イ うつ-る うつ-す	移動（いどう）	轉移 move / transfer		
				移る（うつ）	移動 move / shift	移す（うつ）	移 move / shift (something)
237	難	18画	ナン むずか-しい	困難（こんなん）(な)	困難的 difficulty	難問（なんもん）	難題 a difficult problem
				難しい（むずか）	困難的 difficult		
238	簡	18画	カン	簡単（かんたん）(な)	簡單的 easy		
239	単	9画	タン	単語（たんご）	單字 vocabulary	単位（たんい）	單位、學分 a unit, credit
240	感	13画	カン	感じる（かん）	感覺 feel	感動（かんどう）	感動 inspiration
241	想	13画	ソウ	感想（かんそう）	感想 impressions, thoughts	予想（よそう）	預期 anticipation, forecast

れんしゅう

Ⅰ　正しいほうに○をつけなさい。＊カタカナ語の訳は下にあります。

① 調子：（a. ようす　b. ぐあい）

② 移動：（a. よく動く　b. 位置（いち）をかえる）こと

③ 感動：（a. 心が動く　b. 体を動かす）こと

④ 予想が（a. 困難　b. 残念）だ。

⑤ 読んだ本の（a. 感想　b. 予想）文を書く。

⑥（a. 難問　b. 正門）に チャレンジする*。

⑦ 重要なところを（a. 強調　b. 強力）する。

⑧ 卒業（そつぎょう）に必要な（a. 単語　b. 単位）を取る。

第五週

Ⅱ　正しい読みに○をつけなさい。

⑨ 調べる	1　くらべる	2　しらべる	3　えらべる	4　ちらべる
⑩ 調査	1　しんさ	2　ちゅうさ	3　けんさ	4　ちょうさ
⑪ 困難	1　かんなん	2　くんなん	3　こんなん	4　くなん
⑫ 予想	1　よこく	2　よしょう	3　よしん	4　よそう

Ⅲ　正しい漢字に○をつけなさい。

⑬ かんたん	1　問単	2　簡単	3　聞単	4　開単
⑭ むずかしい	1　離しい	2　勤しい	3　雑しい	4　難しい
⑮ うつす	1　移す	2　差す	3　消す	4　渡す
⑯ かんじる	1　演じる	2　感じる	3　混じる	4　動じる

（答えは p.81）

カタカナも おぼえる？　チャレンジする　挑戰　challenge

77ページの答え：	Ⅰ－①b　②a　③b　④a　⑤b　⑥a　⑦b　⑧b
	Ⅱ－⑨3　⑩2　⑪1　⑫4　　Ⅲ－⑬4　⑭3　⑮3　⑯1

第5週　かく

3日目　日本語(にほんご)クラス

日語教室
A Japanese Class

練習問題

（1）最も適当なものを選んで、（　　）に記号を書き入れなさい。

おいしいかどうか（　　　）みる。

ア.たべ　イ.たべる　ウ.たべて　エ.たべた

（2）次の<u>下線部</u>の間違いを直しなさい。

No.	漢字	画数	読み	語	読み方	意味	語	読み方	意味
242	練	14画	レン	練習	れんしゅう	練習 practice			
243	最	12画	サイ もっと-も	最近	さいきん	最近 recently	最初	さいしょ	最初 first / beginning ☞ 278 初
				最後	さいご	最後 last / end	最も	もっと	最 most
244	適	14画	テキ	適当(な)	てきとう	適當的 correct / appropriate	快適(な)	かいてき	舒適 comfortable
245	選	15画	セン えら-ぶ	選挙	せんきょ	選舉 an election	選手	せんしゅ	選手 a player, an athlete
				選ぶ	えら	選擇 choose			
246	違	13画	ちが-う ちが-える	違う	ちが	不同 different, wrong	間違う	まちが	弄錯 make a mistake
				間違い	まちが	錯誤 a mistake	間違える	まちが	弄錯 make a mistake
247	直	8画	チョク なお-る なお-す	直線	ちょくせん	直線 a straight line	直接	ちょくせつ	直接 direct
				直る	なお	改正 be repaired	直す	なお	修改 fix
248	復	12画	フク	復習	ふくしゅう	複習 review	往復	おうふく	往返、來回 a round trip
				回復	かいふく	恢復 recovery/recuperation			
249	辞	13画	ジ や-める	辞書	じしょ	辭典 a dictionary			
				辞める	や	辭職 resign, retire			
250	宿	11画	シュク やど	宿題	しゅくだい	功課 a homework	下宿	げしゅく	出租的房子 lodgings
				宿	やど	過夜的地方 an inn, a hotel			

れんしゅう

I　正しいほうに○をつけなさい。

① 直線：（a. まっすぐな　b. まがった）線

② 復習：（a. 習っていないこと　b. 習ったこと）を勉強すること

③ 快適：とても（a. 気分がいい　b. 速い）こと

④ 最近：（a. このごろ　b. 近い場所）

⑤ 回復：天気や病気などが（a. よくなる　b. また悪くなる）こと

⑥ 往復：（a. 上りと下り　b. 行きと帰り）

⑦（a. 選手　b. 選挙）で 新しい市長を選ぶ。

⑧ 知り合いの家に（a. 下宿　b. 宿題）する。

第五週

II　正しい読みに○をつけなさい。

⑨ 宿	1　いど	2　まど	3　かど	4　やど
⑩ 最も	1　もっとも	2　さいも	3　まっとも	4　とても
⑪ 選ぶ	1　あそぶ	2　とぶ	3　えらぶ	4　よぶ
⑫ 往復	1　しゅふく	2　じゅうふく	3　おうふく	4　ちょうふく

III　正しい漢字に○をつけなさい。

⑬ まちがえる	1　開違える	2　間違える	3　寝違える	4　見違える
⑭ やめる	1　留める	2　勤める	3　停める	4　辞める
⑮ なおる	1　配る	2　直る	3　割る	4　凍る
⑯ れんしゅう	1　練習	2　予習	3　学習	4　復習

（答えは p.83）

79ページの答え：　I－①b　②b　③a　④a　⑤a　⑥a　⑦a　⑧b
II－⑨2　⑩4　⑪3　⑫4　　III－⑬2　⑭4　⑮1　⑯2

4日目　作文（さくぶん）

作文
A Composition

昨日は友達の田中君の結婚式でした。
ぼくはお祝いのスピーチをして、歌を一曲歌いました。奥さんになる人はとてもきれいでした。
とても楽しかったので、夜、なかなか寝られませんでした。

251	昨	9画	サク	昨日（さくじつ）／ⓒ昨日（きのう）	昨天 yesterday	昨夜（さくや）	昨天晚上 last night
						昨年（さくねん）	去年 last year
252	君	7画	クン きみ	○○君（くん）	接在同輩或晚輩的姓名後表示敬意 honorific appended to names of males younger than oneself		
				君（きみ）	你 you		
253	結	12画	ケツ むす-ぶ	結構（けっこう）(な)	很好的 splendid, nice	「いいえ、結構（けっこう）です」	不，不用了。 No, thank you.
				結局（けっきょく）	最終 after all	結（むす）ぶ	繫上、連結、建立關係 tie / connect / conclude
254	婚	11画	コン	結婚（けっこん）	結婚 a marriage	新婚旅行（しんこんりょこう）	a honeymoon 蜜月旅行
				婚約（こんやく）	婚約 an engagement		
255	祝	9画	シュク いわ-う	祝日（しゅくじつ）	(政府規定的)節日 a holiday / festival day		
				祝（いわ）う	慶祝 celebrate/congratulate	お祝（いわ）い	祝賀 celebration/congratulation
256	曲	6画	キョク ま-がる ま-げる	曲（きょく）	(音)歌曲 a piece of music	曲線（きょくせん）	曲線 a curve
				曲（ま）がる	彎曲 bend, turn a corner	曲（ま）げる	弄彎 bend
257	奥	12画	おく	奥（おく）さん	太太、夫人 another person's wife	奥（おく）	內部 inmost
258	寝	13画	ね-る	寝（ね）る	睡覺 sleep	寝坊（ねぼう）	賴床 late riser, sleepyhead
				昼寝（ひるね）	午睡 a nap		

れんしゅう

Ⅰ　正しいほうに○をつけなさい。

① 寝坊：（a. 寝ている赤ちゃん　b. 起きる時間に起きないこと）

② 婚約：（a. 結婚の約束　b. 結婚式場の予約）

③ この（a. 曲　b. 局）を聞くと国を思い出す。

④（スーパーのレジで）「袋は（a. 無断　b. 結構）です。」

⑤ 使わないものを押し入れの（a. 込　b. 奥）にしまう。

⑥ つぎの信号を右に（a. 曲げて　b. 曲がって）ください。

⑦ 行くかどうかまよったが、（a. 結局　b. 広告）行かなかった。

⑧ 明日は（a. 土日　b. 祝日）です。

Ⅱ　正しい読みに○をつけなさい。

⑨ 昨夜	1　さくばん	2　さくよ	3　さくじつ	4　さくや
⑩ 昼寝	1　うたたね	2　あさね	3　ひるね	4　よるね
⑪ 結婚	1　けっこん	2　けこん	3　けっかん	4　けんこん
⑫ 昨日	1　きょう	2　きのう	3　きょねん	4　おととい

Ⅲ　正しい漢字に○をつけなさい。

⑬ きみ	1　君	2　式	3　友	4　婦
⑭ おくさん	1　姉さん	2　妻さん	3　夫さん	4　奥さん
⑮ むすぶ	1　練ぶ	2　婚ぶ	3　結ぶ	4　笑ぶ
⑯ おいわい	1　お使い	2　お見舞い	3　お祝い	4　お手洗い

（答えは p.85）

81ページの答え：　Ⅰ－①a　②b　③a　④a　⑤a　⑥b　⑦b　⑧a
Ⅱ－⑨4　⑩1　⑪3　⑫3　　Ⅲ－⑬2　⑭4　⑮2　⑯1

5日目　問診票（もんしんひょう）—歯科（しか）で

問診單—牙醫
Dental Patient Registration Sheet

どうしましたか？

□痛い

□熱いものや冷たいものがしみる

□虫歯を治したい

□クリーニング（歯についた汚れをとりたい）

□ホワイトニング（歯を白くしたい）

□歯並びをよくしたい

□その他、気になること ＿＿＿＿＿＿＿＿

No.	漢字	画数	読み	語	意味	語	意味
259	痛	12画	ツウ いた-い	頭痛（ずつう）	頭痛 a headache	腹痛（ふくつう）	肚子痛 a stomachache
				痛い（いた）	痛的 sore, painful		
260	熱	15画	ネツ あつ-い	熱（ねつ）	熱 heat, fever	熱心（な）（ねっしん）	熱心的 enthusiasm, zeal
				熱い（あつ）	熱的 hot		
261	虫	6画	むし	虫（むし）	蟲 an insect		
262	歯	12画	シ は	歯科（しか）	牙科 dentistry	歯（は）	牙齒 teeth
				歯医者（はいしゃ）	牙醫 a dentist	虫歯（むしば）	蛀牙 a decayed tooth
263	治	8画	ジ チ なお-る なお-す	政治（せいじ）	政治 politics, government ☞ 321 政	治療（ちりょう）	治療 a treatment
				治る（なお）	痊癒 heal	治す（なお）	治療 cure
264	汚	6画	きたな-い よご-れる	汚い（きたな）	骯髒的 dirty		
				汚れる（よご）	弄髒 become dirty		
265	並	8画	なら-ぶ なら-べる	並ぶ（なら）	排列 stand in a line	並べる（なら）	排列 line up, set up
				歯並び（はなら）	牙齒排列 the alignment of your teeth		
266	他	5画	タ	他の（た）	其他的 other	その他（た）	其他 other

れんしゅう

Ⅰ　正しいほうに○をつけなさい。

① 腹痛：（a. あたま　b. おなか）が痛いこと

② 治療：病気やけがを（a. たすける　b. なおす）こと

③ 将来(しょうらい)は（a. 歯科　b. 歯医者）になりたい。

④（a. 汚れ　b. 汚い）をとる。

⑤ 店の前に品物を（a. 並ぶ　b. 並べる）。

⑥（a. 熱心　b. 関心）に勉強する。

⑦ 間違えた字を（a. 直す　b. 治す）。

⑧（a. 暑い　b. 熱い）お茶。

第五週

Ⅱ　正しい読みに○をつけなさい。

⑨ 熱	1　れつ	2　ねつ	3　なつ	4　らつ
⑩ 歯科	1　はか	2　いか	3　しか	4　ちか
⑪ 汚れる	1　おごれる	2　おれる	3　きたれる	4　よごれる
⑫ 熱い	1　ねつい	2　なつい	3　あつい	4　れつい

Ⅲ　正しい漢字に○をつけなさい。

⑬ むし	1　史	2　虫	3　戸	4　申
⑭ ならべる	1　並べる	2　調べる	3　飛べる	4　呼べる
⑮ た	1　外	2　地	3　池	4　他
⑯ きたない	1　汚い	2　痛い	3　清い	4　厚い

（答えは p.87）

83ページの答え：　Ⅰ－①b　②a　③a　④b　⑤b　⑥b　⑦a　⑧b
Ⅱ－⑨4　⑩3　⑪1　⑫2　　Ⅲ－⑬1　⑭4　⑮3　⑯3

6日目　問診票（もんしんひょう）ー健康診断（けんこうしんだん）

問診單ー健康檢查
A Medical Check Up Questionnaire

問診票（もんしんひょう）

身長_____cm　　体重_____kg

お酒を　□飲む（1日に_________ぐらい）　□飲まない

タバコを　□吸う（1日に____本ぐらい）　□吸わない

□食欲がない

□眠れない

□疲れやすい

□息切れがしたり、呼吸が困難になることがある

No.	漢字	画数	読み	語	意味	語	意味
267	身	7画	シン み	身長（しんちょう）	身高 height	独身（どくしん）	單身 single, unmarried
				身分（みぶん）	身分 social status	刺身（さしみ）	生魚片 sashimi (sliced raw fish)
268	酒	10画	シュ さけ さか	日本酒（にほんしゅ）	日本酒 sake	料理酒（りょうりしゅ）	料理用酒 cooking sake
				お酒（さけ）	酒 alcohol, liquor	❗酒屋（さかや）	酒行 a liquor store
269	吸	6画	キュウ す-う	呼吸（こきゅう）	呼吸 breathing, respiration		
				吸う（す）	吸、吸入 breathe / inhale		
270	欲	11画	ヨク ほ-しい	食欲（しょくよく）	食慾 appetite	意欲（いよく）	意願、渴望 a will, eagerness, motivation
				欲しい（ほ）	想要 want		
271	眠	10画	ミン ねむ-い ねむ-る	睡眠（すいみん）	睡眠 sleep		
				眠い（ねむ）	有睡意的 sleepy	眠る（ねむ）	睡覺 sleep
272	疲	10画	つか-れる	疲れる（つか）	疲勞 get tired, exhaust		
273	息	10画	いき	息（いき）	氣息 a breath	息切れ（いきぎ）	喘氣 be short of breath
				⊖息子（むすこ）	兒子 a son		
274	呼	8画	コ よ-ぶ	呼吸（こきゅう）	呼吸 breathing, respiration		
				呼ぶ（よ）	叫喚 call		

れんしゅう

I　正しいほうに○をつけなさい。

① 意欲：(a. 生意気　b. やる気)

② 呼吸：(a. 息をする　b. 息が切れる) こと

③ 息子：(a. 男　b. 女) のこども

④ 独身：(a. 結婚している　b. 結婚していない)

⑤ 睡眠：(a. 寝る　b. 眠れない) こと

⑥ 身長：(a. 体の重さ　b. せの高さ)

⑦ たばこを (a. 払う　b. 吸う)。

⑧ 救急車を (a. 呼ぶ　b. 飛ぶ)。

第五週

II　正しい読みに○をつけなさい。

	1	2	3	4
⑨ 息子	1　むすこ	2　むすめ	3　おい	4　めい
⑩ 酒屋	1　さかば	2　さけや	3　さかや	4　さけてん
⑪ 身分	1　みわけ	2　しんぶん	3　みぶん	4　しんわけ
⑫ 欲しい	1　おしい	2　ほしい	3　はしい	4　よくしい

III　正しい漢字に○をつけなさい。

	1	2	3	4
⑬ さしみ	1　鮮魚	2　生魚	3　刺身	4　赤身
⑭ つかれる	1　療れる	2　病れる	3　痛れる	4　疲れる
⑮ ねむい	1　眠い	2　寝い	3　睡い	4　服い
⑯ いき	1　呼	2　鼻	3　吸	4　息

(答えは p.90)

85ページの答え：　I－①b　②b　③b　④a　⑤b　⑥a　⑦a　⑧b
II－⑨2　⑩3　⑪4　⑫3　　III－⑬2　⑭1　⑮4　⑯1

7日目　実戦問題（じっせんもんだい）

實踐問題
Practice Exercise

制限時間（せいげんじかん）：15分（ふん）
1問（もん）5点（てん）×20問（もん）
（答（こた）えは巻末（かんまつ）p.119）

点数（てんすう）　／100

（答えは巻末 p.119）

問題1　_____のことばの読み方として最もよいものを、1・2・3・4から一つえらびなさい。

1　結婚式に出られなくて残念です。

1　だんねん　　2　きねん　　3　ざんねん　　4　むねん

2　写真をとりますよ。笑って。

1　あらって　　2　いわって　　3　はらって　　4　わらって

3　車をあちらに移動させてください。

1　じどう　　2　ほどう　　3　いどう　　4　たどう

4　お返事が遅れて、すみません。

1　おくれて　　2　おそれて　　3　あきれて　　4　つかれて

5　山田君は会社を辞めたそうです。

1　なめた　　2　とめた　　3　ほめた　　4　やめた

6　くつのひもを結ぶ。

1　むすぶ　　2　もすぶ　　3　みすぶ　　4　ゆすぶ

7　おじいさんは山の奥に住んでいます。

1　そく　　2　ろく　　3　おく　　4　まく

8　政治の話は難しい。

1　せいじ　　2　せいち　　3　しょうち　　4　しょうじ

9　息子から手紙が来た。

1　むつこ　　2　もすこ　　3　むすこ　　4　もつこ

10　日本酒は米からできています。

1　にほんちょ　　2　にほんちゅ　　3　にほんじゅ　　4　にほんしゅ

問題2 ＿＿＿のことばを漢字でかくとき、最もよいものを、１・２・３・４から一つえらびなさい。

11 おれいのはがきを書いた。

1 お礼　　2 お札　　3 お机　　4 お杯

12 いつうかがえばよろしいでしょうか。

1 司えば　　2 伺えば　　3 何えば　　4 向えば

13 ことばの意味をしらべる。

1 呼べる　　2 並べる　　3 選べる　　4 調べる

14 タオルであせをふく。

1 息　　2 汗　　3 涙　　4 汁

第五週

問題3 （　　）に入れるのに最もよいものを、１・２・３・４から一つえらびなさい。

15 まず（　　）初に材料を細かく切ります。

1 再　　2 先　　3 際　　4 最

16 天気は回（　　）に向かっています。

1 服　　2 復　　3 福　　4 腹

17 （　　）年はたいへんお世話になりました。

1 次　　2 毎　　3 各　　4 昨

18 会社へ戻らずに（　　）接、帰宅します。

1 直　　2 間　　3 真　　4 正

19 頭（　　）薬を買う。

1 通　　2 痛　　3 病　　4 療

20 食（　　）がない。

1 色　　2 浴　　3 気　　4 欲

クイズ⑤　どっちを使う？

要用哪個呢？
Which One Do You Want to Use?

例	朝はやい（b）	a. 速い
	はやい車（a）	b. 早い
❶	色がかわる（　）	a. 変わる
	運転をかわる（　）	b. 代わる
❷	あついお茶（　）	a. 暑い
	あつい本（　）	b. 熱い
	夏はあつい（　）	c. 厚い
❸	子どもがなく（　）	a. 泣く
	鳥がなく（　）	b. 鳴く
❹	はじめまして（　）	a. 始め
	はじめよう（　）	b. 初め
❺	ケガをなおす（　）	a. 治す
	間違いをなおす（　）	b. 直す
❻	ホテルにとまる（　）	a. 泊まる
	車がとまる（　）	b. 止まる
❼	はをみがく（　）	a. 歯
	木のは（　）	b. 葉

（答えは p.93）

No.	漢字	画数	読み	語	意味	語	意味
275	厚	9画	あつ-い	厚い（あつい）	厚的 thick		
276	泣	8画	な-く	泣く（なく）	哭 cry / weep		
277	鳴	14画	な-く な-る	鳴く（なく）	啼叫 chirp / croak / bleat (etc.)	鳴る（なる）	鳴、響 ring，chime
278	初	7画	ショ はじ-め はじ-めて	最初（さいしょ）	最初 first / beginning	初級（しょきゅう）	初級 beginning level
				初め（はじめ）	最初 the beginning	初めて（はじめて）	初次 first time
279	泊	8画	ハク と-まる と-める	宿泊（しゅくはく）	住宿 lodging		
				泊まる（とまる）	投宿 stay	泊める（とめる）	住宿 accommodate
280	葉	12画	ヨウ は	紅葉（こうよう）	楓葉 autumn leaves		
				葉（は）	葉子 a leaf	言葉（ことば）	語言 word / language

変 ☞ 320

87ページの答え：　Ⅰ－①b　②a　③a　④b　⑤a　⑥b　⑦b　⑧a
Ⅱ－⑨1　⑩3　⑪3　⑫2　　Ⅲ－⑬3　⑭4　⑮1　⑯4

よむ

讀

Read

第6週　よむ

1日目　天気予報（てんきよほう）

天氣預報
The Weather Forecast

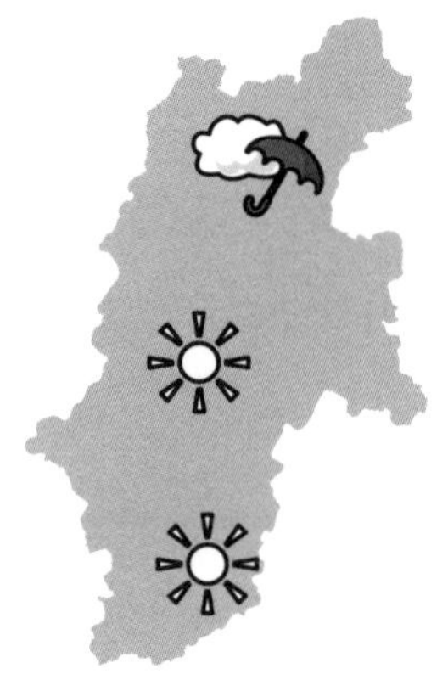

明日、県内はたいていのところで晴れますが、
北部では雲が広がり、雨が降るところもあるでしょう。
強い風が吹きますが、気温は今日と同じぐらいで
暖かい一日となるでしょう。

9時5分ごろ、東北地方で強い地震がありました。津（つ）波の心配はありません。

No.	漢字	画数	読み	語彙	意味	語彙	意味
281	報	12画	ホウ	予報（よほう）	預報 a forecast	報告（ほうこく）	報告 a report
282	晴	12画	は-れる	晴れる（は）	放晴 be sunny	晴れ（は）	晴天 fine weather
283	雲	12画	くも	雲（くも）	雲 clouds		
284	吹	7画	ふ-く	吹く（ふ）	吹 blow		
285	暖	13画	ダン あたた-かい	暖房（だんぼう） 暖かい（あたた）	暖氣 a heater 暖和的 warm		
286	雪	11画	ゆき	雪（ゆき）	雪 snow		
287	震	15画	シン	地震（じしん）	地震 an earthquake	震度（しんど）	震度 seismic intensity
288	波	8画	ハ なみ	電波（でんぱ） 波（なみ）	電波 electromagnetic wave 波 a wave	津波（つなみ）	海嘯 tsunami

れんしゅう

Ⅰ　正しいほうに○をつけなさい。＊カタカナ語の訳は下にあります。

① 暖房：（a. ヒーター*　b. クーラー*）

② 震度：地震の（a. 深さ　b. 強さ）

③ 報告：（a. レポート*　b. ポスター*）

④ どちらが勝(か)つか（a. 予報　b. 予想）する。

⑤ 風が（a. 付く　b. 吹く）。

⑥ 地震による（a. 津波　b. 電波）の心配はありません。

⑦ 天気（a. 予報　b. 予定）

⑧（a. 雲　b. 雪）が降る。

Ⅱ　正しい読みに○をつけなさい。

⑨ 波	1　あみ	2　なみ	3　まみ	4　のみ
⑩ 雲	1　しも	2　ゆき	3　くも	4　ひょう
⑪ 吹く	1　つく	2　すく	3　ふく	4　ひく
⑫ 地震	1　ちしん	2　じちん	3　しじん	4　じしん

Ⅲ　正しい漢字に○をつけなさい。

⑬ でんぱ	1　電波	2　電飛	3　電報	4　電流
⑭ はれる	1　情れる	2　清れる	3　晴れる	4　精れる
⑮ あたたかい	1　緩かい	2　援かい	3　媛かい	4　暖かい
⑯ ほうこく	1　報告	2　広告	3　申告	4　警告

（答えは p.95）

カタカナも おぼえる？

ヒーター	暖氣　heater	クーラー	冷氣　air conditioner
レポート	報告　report	ポスター	海報　poster

90 ページの答え：　❶ a、b　❷ b、c、a　❸ a、b　❹ b、a　❺ a、b　❻ a、b　❼ a、b

第六週

第6週 よむ

2日目 求人広告（きゅうじんこうこく）

徵才廣告
A Help-Wanted Add

募集

職種・内容：技術者（ソフトウェアの開発）　3名
　　　　　　一般事務員　　　　　　　　　2名

連　絡　先：ABC社 人事部人事課
　　　　　　Tel. 03-XXXX-XXXX

No.	漢字	画数	読み	語彙	中文 / English	語彙	中文 / English
289	求	7画	キュウ もと-める	要求（ようきゅう）	要求 a demand, request	求人（きゅうじん）	徵才 'Help Wanted'
				請求書（せいきゅうしょ）	帳單 a bill, invoice	求める（もとめる）	要求 demand, request
290	募	12画	ボ	募集（ぼしゅう）	招募 recruitment		
291	職	18画	ショク	職場（しょくば）	職場 a work place	職業（しょくぎょう）	職業 an occupation/profession
				転職（てんしょく）	換工作 change your job	職員（しょくいん）	職員 employees
292	容	10画	ヨウ	美容院（びよういん）	髮廊 a hairdresser	内容（ないよう）	內容 contents/substance
293	技	7画	ギ	技術（ぎじゅつ）	技術 technique, technology	技術者（ぎじゅつしゃ）	技術人員 a technician
294	般	10画	ハン	一般（いっぱん）	一般 general, average	一般に（いっぱんに）	一般而言 in general
295	務	11画	ム	事務（じむ）	事務 office work	公務員（こうむいん）	公務員 a civil servant, government employe
				事務所（じむしょ）	辦公室 an office	税務署（ぜいむしょ）	稅務局 tax office
296	課	15画	カ	第1課（だいいっか）	第1課 Lesson one	課長（かちょう）	科長 a section chief

れんしゅう

I　正しいほうに○をつけなさい。＊カタカナ語の訳は下にあります。

① 技術者：(a. アーティスト＊　b. エンジニア＊)

② 転職：(a. 仕事を変える　b. 会社をやめる) こと

③ 請求書：代金を (a. 払う前　b. 払った後) にもらうもの

④ 事務所：(a. オフィス＊　b. インフォメーション＊)

⑤ アルバイトを (a. 要求　b. 募集) する。

⑥ 父は (a. 求人　b. 公務員) です。

⑦ やる気のある人を (a. 求めて　b. 願って) います。

⑧ 彼(かれ)とは (a. 職業　b. 職場) で知り合いました。

II　正しい読みに○をつけなさい。

	1	2	3	4
⑨ 要求	そうきゅう	せいきゅう	しょうきゅう	ようきゅう
⑩ 求める	まとめる	もとめる	みとめる	むとめる
⑪ 税務署	ぜいむしょ	じょうむしょ	ぞうむしょ	ざいむしょ
⑫ 求人	ゆうじん	きょうじん	ようじん	きゅうじん

III　正しい漢字に○をつけなさい。

	1	2	3	4
⑬ かちょう	社長	部長	課長	会長
⑭ びよういん	理容院	病院	美容院	両院
⑮ ないよう	代用	必要	無用	内容
⑯ いっぱん	一船	一般	一投	一沿

(答えは p.97)

カタカナも おぼえる？
アーティスト　藝術家　an artist
エンジニア　工程師　an engineer
オフィス　辦公室　an office
インフォメーション　服務台　information desk

93ページの答え：
I－①a　②b　③a　④b　⑤b　⑥a　⑦a　⑧b
II－⑨2　⑩3　⑪3　⑫4　III－⑬1　⑭3　⑮4　⑯1

第六週

3日目　スポーツ記事（きじ）

體育報導
A Sports Article

少年野球大会　ファルコンズ優勝！

少年野球大会の決勝は５対３でファルコンズが勝った。勝ったファルコンズの選手たちは初優勝に喜（よろこ）びの涙を流した。

負けたウィングス山下投手の話
「今回の結果は残念でしたが、また今度、かんばります。」

No.	漢字	画数	読み	語	意味	語	意味
297	球	11画	キュウ	地球（ちきゅう）	地球 the earth	野球（やきゅう）	棒球 baseball
				電球（でんきゅう）	燈泡 a light bulb		
298	決	7画	ケツ き-める き-まる	決して（けっ）	決（不） by no means	決定（けってい）	決定 a decision
				決める（き）	決定…… decide (something)	決まる（き）	決定 be decided
299	勝	12画	ショウ か-つ	優勝（ゆうしょう）	優勝 a victory, championship	決勝（けっしょう）	決賽 final game
				勝つ（か）	贏 win		
300	対	7画	タイ	1対2（たい）	1比2 (a score of) one to two	反対（はんたい）	反對、相反 opposite　☞ 336 反
301	流	10画	なが-れる なが-す	流れる（なが）	流 flow		
				流す（なが）	使……流動 let (water, etc.) flow		
302	負	9画	フ ま-ける	勝負（しょうぶ）	勝負 a match, contest, game		
				負ける（ま）	輸 lose		
303	投	7画	トウ な-げる	投手（とうしゅ）	投手 (baseball) pitcher		
				投げる（な）	投 throw		
304	果	8画	カ	結果（けっか）	結果 a result		
				果物（くだもの）	水果 fruit		

れんしゅう

I　正しいほうに○をつけなさい。＊カタカナ語の訳は下にあります。

① 投手：（a. ピッチャー*　b. バッター*）

② 勝負：勝ち負けを（a. 決める　b. 決めない）こと

③ 家族は留学に（a. 反対　b. 禁止）した。

④（a. 野球　b. 電球）を新しいのと交換する。

⑤ 涙を（a. 流す　b. 流れる）。

⑥ お世話になったことは（a. 決して　b. 失して）忘（わす）れません。

⑦ 試合は（a. 3比3　b. 3対3）の同点だ。

⑧ 美人コンテスト*でミス日本が（a. 決勝　b. 決定）した。

II　正しい読みに○をつけなさい。

	1	2	3	4
⑨ 地球	ちきょう	じきゅう	ちきゅう	ちっくう
⑩ 反対	はんたい	はんだい	はんてい	はんでい
⑪ 投げる	まげる	なげる	にげる	もげる
⑫ 勝つ	うつ	たつ	かつ	けつ

III　正しい漢字に○をつけなさい。

	1	2	3	4
⑬ ゆうしょう	先勝	決勝	全勝	優勝
⑭ けっか	結束	経過	結果	結構
⑮ くだもの	果物	果実	子供	荷物
⑯ まける	預ける	化ける	向ける	負ける

（答えは p.99）

カタカナも おぼえる？

ピッチャー　投手　(baseball) pitcher
バッター　打者　(baseball) batter
コンテスト　比賽　contest

95 ページの答え：　I－①b　②a　③a　④a　⑤b　⑥b　⑦a　⑧b
II－⑨4　⑩2　⑪1　⑫4　III－⑬3　⑭3　⑮4　⑯2

第六週

4日目　経済（けいざい）

經濟
The Economy

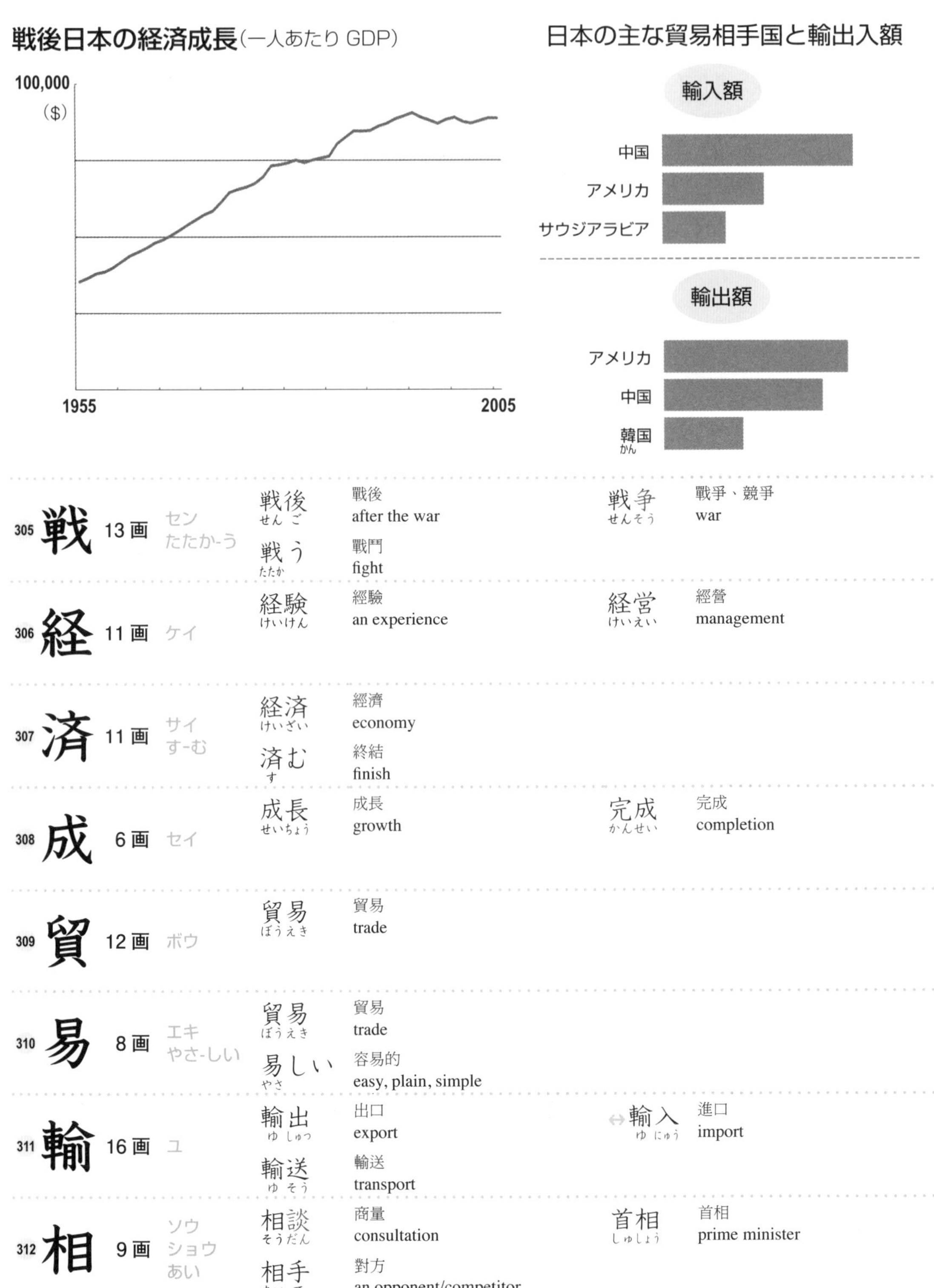

No.	漢字	画数	読み	語	意味	語	意味
305	戦	13画	セン たたか-う	戦後（せんご） 戦う（たたか）	戰後 after the war 戰鬥 fight	戦争（せんそう）	戰爭、競爭 war
306	経	11画	ケイ	経験（けいけん）	經驗 an experience	経営（けいえい）	經營 management
307	済	11画	サイ す-む	経済（けいざい） 済む（す）	經濟 economy 終結 finish		
308	成	6画	セイ	成長（せいちょう）	成長 growth	完成（かんせい）	完成 completion
309	貿	12画	ボウ	貿易（ぼうえき）	貿易 trade		
310	易	8画	エキ やさ-しい	貿易（ぼうえき） 易しい（やさ）	貿易 trade 容易的 easy, plain, simple		
311	輸	16画	ユ	輸出（ゆしゅつ） 輸送（ゆそう）	出口 export 輸送 transport	↔輸入（ゆにゅう）	進口 import
312	相	9画	ソウ ショウ あい	相談（そうだん） 相手（あいて）	商量 consultation 對方 an opponent/competitor	首相（しゅしょう）	首相 prime minister

れんしゅう

I　正しいほうに○をつけなさい。

① 外国と物の売り買いをすること：（a. 戦争　b. 貿易）

② 建物が（a. 完了　b. 完成）する。

③ 戦争を（a. 経験　b. 関係）する。

④ 子どもが（a. 完成　b. 成長）した。

⑤ 今日の試験は（a. 易しかった　b. 優しかった）。

⑥ 食事が（a. 済む　b. 住む）

⑦ レストランを（a. 経営　b. 経済）する。

⑧ トラックで（a. 郵送　b. 輸送）する。

II　正しい読みに○をつけなさい。

⑨ 首相	1　ちゅそう	2　しゅそう	3　すしょう	4　しゅしょう
⑩ 貿易	1　もういき	2　ぼうえき	3　こうえき	4　かいいき
⑪ 戦争	1　せんそう	2　たんそう	3　せんしょう	4　さんそう
⑫ 経験	1　かんけい	2　けんけい	3　けいかん	4　けいけん

III　正しい漢字に○をつけなさい。

⑬ あいて	1　会手	2　空手	3　対手	4　相手
⑭ たたかう	1　浅う	2　戦う	3　残う	4　横う
⑮ そうだん	1　値段	2　商談	3　相談	4　階段
⑯ ゆしゅつ	1　輪出	2　輸出	3　軽出	4　転出

（答えは p.101）

97ページの答え：　I－①a　②a　③a　④b　⑤a　⑥a　⑦b　⑧b
II－⑨3　⑩1　⑪2　⑫3　III－⑬4　⑭3　⑮1　⑯4

第六週

5日目　地球温暖化（ちきゅうおんだんか）

地球暖化
Global Warming

昔（むかし）と比べて気温が上がってきている。これを地球温暖化という。温暖化の原因となる CO_2 を減らすための国際会議がしばしば行われている。

ストップ！地球温暖化

わたしたちも温暖化を止めるために、
自分の生活を変えていかなければならない。

わたしたちにできること

冷房の温度を
1℃高くする。

暖房の温度を
1℃低くする。

シャワーの時間を
1分短くする

No.	漢字	画数	読み	語	意味	語	意味
313	化	4画	カ ケ	文化（ぶんか） 化学（かがく）	文化 culture 化學 chemistry	○○化（か） 化粧（けしょう）	○○化 -ize (change something into something else) 化妝 makeup
314	比	4画	くら-べる	比べる（くらべる）	比較 compare		
315	原	10画	ゲン	原料（げんりょう）	原料 (raw) material		
316	因	6画	イン	原因（げんいん）	原因 a cause		
317	際	14画	サイ	国際（こくさい）(の)	國際的 international	交際（こうさい）	交際 association/dealings (with)
318	議	20画	ギ	会議（かいぎ）	會議 a meeting	議員（ぎいん）	議員 a member of an assembly
319	活	9画	カツ	生活（せいかつ）	生活 life / livelihood	活動（かつどう）	活動 activity
320	変	9画	ヘン か-わる か-える	大変（たいへん）(な) 変わる（かわる）	不容易的 very, serious 變化 change	変化（へんか） 変える（かえる）	變化 a change 變更 change (something)

れんしゅう

I　正しいほうに○をつけなさい。＊カタカナ語の訳は下にあります。

① サイエンス＊：（a. 科学　b. 化学）

② 地球の温度は昔と（a. 過ぎて　b. 比べて）上がっている。

③ お酒の（a. 材料　b. 原料）は米です。

④ ボランティア＊（a. 行動　b. 活動）をする。

⑤ 口紅は（a. 化粧品　b. 化粧室）です。

⑥ 気温の（a. 変化　b. 文化）

⑦ 住所が（a. 変える　b. 変わる）。

⑧ 貿易の自由（a. 課　b. 化）

II　正しい読みに○をつけなさい。

	1	2	3	4
⑨ 化粧	かしょう	けしょう	きしょう	けちょう
⑩ 文化	ぶんか	もんか	ぶんけ	もんけ
⑪ 比べる	こらべる	くらべる	ならべる	しらべる
⑫ 大変	おおへん	だいへん	たいぺん	たいへん

III　正しい漢字に○をつけなさい。

	1	2	3	4
⑬ ぎいん	議員	議人	議民	議因
⑭ こくさい	交察	交際	国察	国際
⑮ げんいん	原困	原因	原囚	原回
⑯ せいかつ	政治	正確	生活	性格

（答えは p.103）

カタカナも おぼえる？
サイエンス　科學　science
ボランティア　義工　volunteer

99ページの答え：　I－①b　②b　③a　④b　⑤a　⑥a　⑦a　⑧b
II－⑨4　⑩2　⑪1　⑫4　III－⑬4　⑭2　⑮3　⑯2

6日目　政治（せいじ）

政治
Politics

政府は法改正を否定

○○首相は年金に関する法の改正について否定的な考えを示した。実際、法の改正で現在の年金システムの欠点すべてをカバーすることは難しいと専門家は見ている。

番号	漢字	画数	読み	語	意味	語	意味
321	政	9画	セイ	政治（せいじ）	政治 politics	政治家（せいじか）	政治家 a politician
322	府	8画	フ	政府（せいふ）	政府 an government, administration	都道府県（とどうふけん）	都道府縣 prefectures
323	改	7画	カイ あらた-める	改正（かいせい）	修改 an amendment	改札口（かいさつぐち）	剪票口 a ticket gate
				改める（あらた）	①改正　change ②檢查、確認　check		
324	否	7画	ヒ	否定（ひてい）	否定 negation		
325	的	8画	テキ	否定的（な）（ひていてき）	否定的 negative	目的（もくてき）	目的 an aim, purpose
				国際的（な）（こくさいてき）	國際的 international	個人的（な）（こじんてき）	個人的 personal
326	実	8画	ジツ	実際に（じっさい）	實際上 practice, actual conditions	実は（じつ）	說實話 to tell the truth
				実験（じっけん）	實驗 an experiment		
327	欠	4画	ケツ か-ける	欠点（けってん）	缺點 a shortcoming	欠席（けっせき）	缺席 absence
				欠ける（か）	缺乏 chip, lack		
328	専	9画	セン	専門（せんもん）	專業、專長 specialty	専門家（せんもんか）	專家 an expert

れんしゅう

I　正しいほうに○をつけなさい。＊カタカナ語の訳は下にあります。

① 欠点：（a. いい　b. 悪い）ところ

② 欠席：参加（a. する　b. しない）こと

③ 専門家：（a. プロ*　b. アマチュア*）

④ 国際的：（a. パーソナル*　b. インターナショナル*）

⑤ 日本へ来た（a. 目的　b. 原因）は研究です。

⑥（a. 窓口　b. 改札口）を出た所で待っています。

⑦（a. 真　b. 実）は会社を辞めたいんです。

⑧ 電車の時刻（じこく）が（a. 改正　b. 変化）された。

II　正しい読みに○をつけなさい。

	1	2	3	4
⑨ 欠ける	うける	たける	かける	すける
⑩ 専門	せんもん	てんもん	でんもん	ぜんもん
⑪ 実験	しけん	しっけん	じけん	じっけん
⑫ 改める	たかしめる	あらためる	たしかめる	あたらめる

III　正しい漢字に○をつけなさい。

	1	2	3	4
⑬ せいふ	政府	勝負	正付	西部
⑭ ひてい	日程	不定	非常	否定
⑮ とどうふけん	県都道府	道都府県	都県道府	都道府県
⑯ せいじ	戦時	政治	静止	少子

（答えは p.106）

カタカナも おぼえる？
プロ　專家　professional
アマチュア　業餘愛好者　amateur
パーソナル　個人的　personal
インターナショナル　國際的　international

101ページの答え：I－①a　②b　③b　④b　⑤a　⑥a　⑦b　⑧b
II－⑨2　⑩1　⑪2　⑫4　III－⑬1　⑭4　⑮2　⑯3

第六週

7日目　実戦問題

實踐問題
Practice Exercise

制限時間：15分
1問5点 × 20問

点数　／100

（答えは巻末 p.119）

問題1　＿＿＿のことばの読み方として最もよいものを、1・2・3・4から一つえらびなさい。

1　週末は全国的に晴れるでしょう。

1　ばれる　　2　てれる　　3　はれる　　4　なれる

2　これは日本で一般に売られている食品です。

1　いっせん　　2　いっそう　　3　いっせい　　4　いっぱん

3　これはなんという果物ですか。

1　けだもの　　2　くだもの　　3　こだもの　　4　こなもの

4　私たちのチームは強いチームと戦って勝ちました。

1　かたかって　　2　たかたって　　3　かかたって　　4　たたかって

5　国際会議に出席する。

1　こくせいかいに　　2　こくさいかいぎ
3　こくさいかいに　　4　こくせいかいぎ

6　大学で政治経済を学ぶ。

1　せいちけいざい　　2　せいじけいざい
3　せいちけいさい　　4　せいじけいさい

7　寒さに負けないでがんばろう。

1　なさけないで　　2　もけないで　　3　なまけないで　　4　まけないで

8　原料を輸入する。

1　ひりょう　　2　ねんりょう　　3　げんりょう　　4　こうりょう

9　車の窓からごみを投げ捨てないでください。

1　なげすて　　2　まげすて　　3　なげつて　　4　まげつて

10　宿題を済ませてから、テレビを見ます。

1　からませて　　2　さませて　　3　おわませて　　4　すませて

問題2　＿＿＿のことばを漢字でかくとき、最もよいものを、１・２・３・４から一つえらびなさい。

11　じっけん結果を報告する。

1　事件　　2　実験　　3　試験　　4　条件

12　せんもんかに意見を聞く。

1　専門家　　2　専問家　　3　千聞家　　4　千文家

13　地球おんだんかについて話し合う。

1　温段化　　2　音暖化　　3　温暖化　　4　音断化

14　明日は北風がふいて寒くなるでしょう。

1　吸いて　　2　吹いて　　3　欠いて　　4　比いて

問題3　（　　）に入れるのに最もよいものを、１・２・３・４から一つえらびなさい。

15　次の試験は第10（　　）までです。

1　部　　2　課　　3　問　　4　科

16　工場は機械（　　）された。

1　比　　2　的　　3　性　　4　化

17　個人（　　）な理由で、会社を辞めました。

1　上　　2　因　　3　的　　4　内

18　ラジオで天気予（　　）を聞く。

1　想　　2　報　　3　定　　4　防

19　首相はニュースの内容を（　　）定した。

1　否　　2　内　　3　無　　4　正

20　電話の相手は電（　　）の届かない所にいるようだ。

1　池　　2　車　　3　信　　4　波

クイズ⑥　□に入る部分は？

填入 □ 中的部分是？
Which Part Goes in the Mouth?

❶ 忄□しい　□心れる　希□王

祭　亡　反　求　力　青

❷ 警□　国阝□センター

❸ 要□　地王□

❹ 苦□する　参□口する

❺ 忄□報　日□れる

❻ 辶□事　□対する

（答えはこのページの下）

329 亡	3画	ボウ な-い	死亡（しぼう）	死亡 death	亡くなる（な）	死去 die
330 忙	6画	ボウ いそが-しい	多忙（な）（たぼう）	非常忙碌的 busy	忙しい（いそが）	忙碌的 busy
331 忘	7画	ボウ わす-れる	忘年会（ぼうねんかい）	尾牙 end of year party		
			忘れる（わす）	忘記 forget	忘れ物（わすもの）	忘了的東西 thing left behind (lost property)
332 祭	11画	サイ まつ-り	文化祭（ぶんかさい）	園遊會 a school festival	（お）祭り（まつ）	祭典 a festival
333 労	7画	ロウ	苦労（くろう）	辛苦、操煩 troubles, hardships	労働者（ろうどうしゃ）	勞動者 a labourer
334 加	5画	カ くわ-える	参加（さんか）	參加 participate	増加（ぞうか）	增加 increase
			加える（くわ）	加 add to		
335 情	11画	ジョウ	情報（じょうほう）	資訊 information	表情（ひょうじょう）	表情 a facial expression
			事情（じじょう）	情況、緣故 circumstance	感情（かんじょう）	感情 emotions
336 反	4画	ハン	反対（はんたい）	反對、相反 opposite		

103ページの答え：Ⅰ－①b　②b　③a　④b　⑤a　⑥b　⑦b　⑧a
Ⅱ－⑨3　⑩1　⑪4　⑫2　Ⅲ－⑬1　⑭4　⑮4　⑯2

上の答え：❶亡（忙しい（いそが）・忘れる（わす）・希望（きぼう））　❷祭（警察（けいさつ）・国際センター（こくさい））　❸求（要求（ようきゅう）・地球（ちきゅう））
❹力（苦労する（くろう）・参加する（さんか））　❺青（情報（じょうほう）・晴れる（は））　❻反（返事（へんじ）・反対する（はんたい））

漢字・語彙リスト

漢字、詞彙目錄　Kanji and Vocabulary List

※ 漢字の並び順：画数→音読みのあいうえお順
※ No はこの本の漢字の通し番号（漢字的編號　Kanji serial number）です。
s は初級レベルの漢字、●は少し難しい漢字です。（この本では熟語だけ勉強します。）

■6画(かく)

■7画（かく）

■8画(かく)

9画(かく)

10画(かく)

■12画（かく）

■ 13画(かく)

■ 14画(かく)

解答・解説

かいとう　かいせつ

解答、解説

Answers and Explanations

第1週　実戦問題

問題1 (p.24)

1 **2**　2 **1**　3 **2**　4 **4**　5 **3**
6 **4**　7 **1**　8 **2**　9 **2**　10 **4**

問題2 (p.25)

11 **3**　12 **1**　13 **4**　14 **2**

問題3 (p.25)

15 **3**　**各**駅（かくえき）に止（と）まります
(＝全部（ぜんぶ）の駅（えき）に止（と）まります)
16 **4**　押（お）しボタン**式**（しき）
17 **2**　**満**車（まんしゃ）
18 **3**　送料**無**料（そうりょうむりょう）(＝送料（そうりょう）はいりません)
19 **4**　整理**券**（せいりけん）
20 **1**　料金**箱**（りょうきんばこ）

第2週　実戦問題

問題1 (p.40)

1 **2**　2 **2**　3 **2**　4 **3**　5 **1**
6 **1**　7 **4**　8 **4**　9 **3**　10 **1**

問題2 (p.41)

11 **2**　12 **1**　13 **4**　14 **3**

問題3 (p.41)

15 **4**　**当**駅（とうえき）(＝この駅（えき）)
16 **3**　**全**席（ぜんせき）、指定（してい）(＝全部（ぜんぶ）の席（せき）が指定席（していせき）)
17 **4**　交差点**内**（こうさてんない）(＝交差点（こうさてん）の中（なか）)
18 **1**　産婦人**料**（さんふじんか）
19 **3**　A**案**（あん）
20 **4**　**約**（やく）20万人（まんにん）(＝だいたい20万人（まんにん）)

第3週　実戦問題

問題1 (p.56)

1 **1**　2 **3**　3 **1**　4 **4**　5 **4**
6 **2**　7 **3**　8 **1**　9 **2**　10 **1**

問題2 (p.57)

11 **4**　12 **1**　13 **4**　14 **2**

問題3 (p.57)

15 **4**　交通**費**（こうつうひ）
16 **2**　30**部**（ぶ）　＊書類（しょるい）は「部」で数（かぞ）える
17 **1**　紙**袋**（かみぶくろ）
18 **3**　**要**冷凍（ようれいとう）
19 **2**　**再**（さい）ダイヤル
20 **3**　短**期**留学（たんきりゅうがく）(＝短（みじか）い期間（きかん）の留学（りゅうがく）)

第4週　実戦問題

問題1 (p.72)

1 **3**　2 **3**　3 **4**　4 **1**　5 **3**
6 **2**　7 **4**　8 **4**　9 **3**　10 **1**

問題2 (p.73)

11 **4**　12 **2**　13 **3**　14 **3**

問題3 (p.73)

15 **1**　**連**休（れんきゅう）
16 **1**　広**告**（こうこく）
17 **3**　定**価**（ていか）
18 **1**　消費**税**（しょうひぜい）
19 **2**　何**枚**（なんまい）
20 **3**　大**型**（おおがた）

第5週　実戦問題

問題1 (p.88)

[1] **3**　[2] **4**　[3] **3**　[4] **1**　[5] **4**

[6] **1**　[7] **3**　[8] **1**　[9] **3**　[10] **4**

問題2 (p.89)

[11] **1**　[12] **2**　[13] **4**　[14] **2**

問題3 (p.89)

[15] **4** **最**初(さいしょ)

[16] **2** 回**復**(かいふく)に向(む)かっている(=よくなっている)

[17] **4** **昨**年(さくねん)(=去年(きょねん))

[18] **1** **直**接(ちょくせつ)

[19] **2** 頭**痛**薬(ずつうやく)

[20] **4** 食**欲**(しょくよく)

第6週　実戦問題

問題1 (p.104)

[1] **3**　[2] **4**　[3] **2**　[4] **4**　[5] **2**

[6] **2**　[7] **4**　[8] **3**　[9] **1**　[10] **4**

問題2 (p.105)

[11] **2**　[12] **1**　[13] **3**　[14] **2**

問題3 (p.105)

[15] **2** 第(だい)10**課**(か)

[16] **4** 機械**化**(きかいか)　＊工場(こうじょう)などで人(ひと)のかわりに機械(きかい)を使(つか)うこと

[17] **3** **個**人的(こじんてき)

[18] **2** 天気予**報**(てんきよほう)

[19] **1** **否**定(ひてい)する

[20] **4** 電**波**(でんぱ)

解答・解説

本書原名－「『日本語能力試験』対策　日本語総まとめ N3　漢字」

新日本語能力試験対策 N3 漢字篇

2010 年（民 99）6 月 1 日 第 1 版 第 1 刷 發行
2017 年（民 106）6 月 1 日 第 1 版 第 5 刷 發行

定價 新台幣：240元整

著　　者　佐々木仁子・松本紀子
授　　權　株式会社アスク出版
發 行 人　林 駿 煌
發 行 所　大新書局
地　　址　台北市大安區(106)瑞安街256巷16號
電　　話　(02)2707-3232・2707-3838・2755-2468
傳　　真　(02)2701-1633・郵政劃撥：00173901
法律顧問　中新法律事務所　田俊賢律師

香港地區　香港聯合書刊物流有限公司
地　　址　香港新界大埔汀麗路36號 中華商務印刷大廈3字樓
電　　話　(852)2150-2100
傳　　真　(852)2810-4201

 ISBN 978-986-6438-62-2 (N035)